Ant. Schwarz

Ueber Lukians Hermotimos

Antigonos

Ant. Schwarz

Ueber Lukians Hermotimos

Unveränderter Nachdruck der Originalausgabe von 1877.

1. Auflage 2024 | ISBN: 978-3-38634-339-8

Antigonos Verlag ist ein Imprint der Outlook Verlagsgesellschaft mbH.

Verlag: Outlook Verlag GmbH, Zeilweg 44, 60439 Frankfurt, Deutschland, info@outlook-verlag.de
Vertretungsberechtigt: E. Roepke, Zeilweg 44, 60439 Frankfurt, Deutschland
Druck: Libri Plureos GmbH, Friedensallee 273, 22763 Hamburg, Deutschland

V. Jahresbericht

des niederösterreichischen

Landes-Real- und Obergymnasiums zu Horn

1877.

Inhalt:

Druck von F. Berger in Horn.

Ueber Lukians Hermotimos.

I. Charakter der Schrift.

Hermotimos, unter allen Dialogen Lukians der umfang-
reichste, zählt nicht blos in formeller Beziehung zu den vollendetsten
Werken dieses Schriftstellers, sondern ist auch zu seiner Beurtheilung,
besonders zur Fixirung seiner philosophischen Stellung das wichtigste Document. Denn wie dieser Dialog an Klarheit in der Dis-
position, an Vollständigkeit in der Durchführung, an streng metho-
dischem Gange in der Untersuchung und an überzeugungstreuer
Verfolgung des Zieles den besten Dialogen Platons an die Seite
gestellt werden kann, so darf er auch vermöge der Wichtigkeit
seines Gegenstandes ein erhöhtes Interesse umsomehr beanspruchen,
als er von Luk. im gereiften Alter abgefasst wurde, wo dieser den
schulgerechten Bildungsgang abgeschlossen hatte und in seinem
philosophischen Streben zur unwandelbaren Ueberzeugung gelangt
war. Wir möchten diesen Dialog als den Markstein bezeichnen, der
einerseits die Grenze der philosophischen Lehr- und Wanderzeit,
andererseits den Anfang der überzeugungsfesten Selbständigkeit seines
Verfassers angibt, und von wo aus die zunächst vorausgehenden
und besonders nachfolgenden philosophischen Schriften gemessen und
beurtheilt werden müssen; jedenfalls ist er der Entscheidungsbrief,
womit sich Luk. bezüglich der speculativen Philosophie von allen
anderen Secten freispricht und der praktischen Skepsis sich verschreibt.

Je vertrauter Jemand mit Lukians Schreibweise und Geistes-
richtung ist, desto mehr muss ihm im „Hermotimos“, wenn nicht
der Ernst des Gegenstandes und die streng methodische Behandlung
desselben, so doch die Stimmung, welche diese Schrift fast melancho-
lisch durchzieht, auffallen. Haben andere Stücke gleich einen
ähnlichen ernsten Beweggrund wie dieses, so lassen sie doch den
gewohnten heitern Scherz, den beissenden Witz und die spielende
Laune nicht vermissen, wogegen hier Schärfe und Klarheit der Ge-

danken, schlagende Schlüsse und Beweise, kurz eine ernste, dem Ziele zustrebende Systematik das Stück charakterisirt und das Hervortreten der Satire nur so weit gestattet, als der Gegenstand und Gang des Beweises selbst diese herausfordert. Doch dürfen wir uns, da ja die Bearbeitung des Stoffes eine beabsichtigt ernste ist, über den Ton, der in dieser Schrift vorherrscht, um so weniger wundern, als Luk., dessen Streben und Trachten neben dem notwendigen Unterhaltserwerbe lebenslang den Zielen der Wissenschaft, der Ergründung der Wahrheit und der Erweiterung der eigenen geistigen Freiheit zugewendet war, im „Hermotimos" am Grabe seiner philosophischen Hoffnungen steht. Jene süssen Träume, die ihn von der frühesten Jugend an beseelt, die ihn in der Fortsetzung der Studien begeistert, die ihn von Asien nach Europa und da von Land zu Land, von Stadt zu Stadt und von Schule zu Schule getrieben hatten, will er im „Hermot." nach den rituellen Gesetzen der Logik begraben. Und doch entfährt keine Klage, kein Laut des Unwillens seinem beredten Munde. Luk. ist durch das Ergebnis seiner mühevollen Studien nicht befriedigt, aber resignirt nimmt er die ihm gewordene traurige Ueberzengung als Wahrheit hin; entschlossen verzichtet das sehnende Herz gegenüber den unabänderlichen Forderungen des klar erkennenden Verstandes auf seine Wünsche, die es früher nicht geprüft hatte, ob sie auch erreichbar und für Menschen möglich sind (cc. 71 u. 67. Vgl. Ἑρμότ. c. 6. A.)

II. Veranlassung der Schrift.

Lukian ging dem vierzigsten Lebensjahre entgegen, als er dem Sophistenleben entsagte. Reich und berühmt, aber in sich unbefriedigt und verstimmt über die innere Gehaltlosigkeit seines bisherigen Wirkens entschloss er sich, den Rest seiner Jahre der Philosophie zu widmen, um in derselben das über die bisherige Enttäuschung klagende Herz und den nach Licht und Wahrheit ringenden Geist zu beruhigen. [1]) Es hiesse die Zeit verkennen, wenn man annehmen wollte, Luk. sei alles philosophischen Wissens bar, oder, um mit ihm selbst zu reden, ἀνίπτοις ποσὶν an die Ausführung seines Vorhabens getreten; gehörte doch ein wenn auch nicht gründliches Verständnis aller Systeme zur allgemeinen Bildung der damaligen Zeit und eine

---

[1]) Δὶς κατηγ. c. 28 u. 32. — Ἁλιεύς c. 25 u. 29. — Ἑρμότ. 13. — Ἀπολογία c. 15.

wenigstens übersichtliche Kenntnis der philosophischen Lehren zum
geschäftlichen Apparate des Sophisten. Somit war es unserem Autor
nicht mehr um das literarhistorische Wissen, sondern um jene Flamme
zu thun, die den Geist mit dem Lichte der Ueberzeugung erhellt,
das Herz zur Glut der Freiheit erwärmt und zur Festigkeit des
Freimutes stählt. Den Herd dieses Feuers suchte Luk. zuerst in
Rom. Rom war nicht nur das Centrum alles politischen Lebens,
es war auch der Sammelpunkt aller Reichtümer und Schätze der
Welt und dadurch der Befriedigungsort für alle Gelüste. Die reiche,
geräuschvolle, genusssüchtige und genussbietende Stadt konnte, so
sehr es auch auf den Strassen und in den Häusern der Vornehmen
von langbärtigen Scheinphilosophen wimmelte, kein geeigneter Auf-
enthaltsort für stille, vom Streben nach Wahrheit beseelte Denker
sein. Auch Luk. mochte diess bald gefühlt und die Erwartung, zu
Rom seinen Wissensdurst stillen zu können, getäuscht gesehen haben. [1]

---

[1] Die Bestätigung hiefür liegt in Νιγρῖνος. Da auch andere Andeutungen vorliegen, dass sich Luk. zu allererst der platonischen Philosophie zugewandt und Platons Werke eifrigst studirt habe, so ist die Vermutung gestattet,
er habe den Nigrinus, der sich als Platoniker ausgab, in der Absicht besucht,
um sich demselben als Schüler anzuschliessen. Luk. sagt allerdings, dass der
Besuch ein mehr zufälliger gewesen sei, da er ohnedies in die Stadt kam. Aber
bei dem Geständnisse des obigen Grundes müsste der Spott des Misslingens
auf Luk. selbst fallen, was mit der Tendenz des Dialogs nicht vereinbar gewesen
wäre. — Anstatt den mutmasslichen Schüler in die platonische Lehre einzuführen,
tractirte ihn der Philosoph mit moralisirenden Vorträgen und Lamentationen
über die sittlichen Zustände der Stadt Rom. Luk. affectirt ein unbeschreibliches
Glückseligkeitsgefühl über diesen Vortrag und macht durch diese fingirte Ekstase
den lächerlichen Versuch des schülersüchtigen Philosophen, mit dieser Philosophie
einen Luk. zur Bewunderung hinzureissen, noch lächerlicher. So spielt Nigrinus
seine eigene Satire. — Die Einleitungs- und Schlussscene spielt in der Nähe
Roms, wahrscheinlich auf dem Landsitze eines Freundes Lukians. — Νιγρῖνος
ist die erste philosophische Satire der nachrhetorischen Periode und fällt beiläufig in Lukians 39. Lebensjahr. Die weitere Ausführung dieser Sätze s. im
Programm des Gymnasiums Zengg 1863. — Beachtenswert ist die Stimmung
einerseits im Νιγρῖνος, wo Luk. mit seinem Freunde über den ersten Versuch,
einen Lehrer zu finden, herzlich lacht und den „Philosophen" witzig persiflirt,
nicht ahnend, dass ihm ähnliche Enttäuschungen noch viele bevorstehen, andererseits im Ἑρμότιμος, wo er seine philosophische Lehrzeit bereits abgeschlossen
hatte. — Franz Fritzsche (Luciani opera, II 2. S. 50) hält die Behauptung,
dass Νιγρ. eine Jugendschrift Lukians sei, neuerdings aufrecht, wiewol er den
bisherigen Hauptbeweis, dass der im Ἑρμότ. c. 24 erwähnte alte Mann
Nigrinus gewesen sei, aufgibt und für Nigrinus nicht unwahrscheinlich den
Calvisius Taurus substituirt.

Er verliess Rom und begab sich nach Athen. Zwar hatte sich die Genusssucht mit ihrem ganzen Gefolge auch in dieser Stadt eingenistet, doch war ihr die im Gegensatze zu Rom vielgerühmte ἡσυχία, ihre alte attische Feinheit und ein gewisser Grad von Wissenschaftlichkeit geblieben. Wie ernst unserm Luk. mit seinem philosophischen Streben gewesen, ersehen wir erstens aus seinem (Ἁλιεύς c. 29) bestimmt ausgesprochenen Vorsatze, sich lebenslang (ὁπόσον ἔτι μοι λοιπόν τοῦ βίου) der Philosophie hingeben zu wollen, zweitens aus der Versicherung (Ἁλ. c. 11), dass er die heiss ersehnte g a r l a n g e vergebens gesucht habe (πάνυ πολὺν ἐπλανήθην χρόνον ἀναζητῶν τὴν [τῆς Φιλοσοφίας] οἰκίαν). Als dritten Beweis dürfen wir wol die umfassenden und manchmal bis in die kleinsten Einzelheiten der verschiedenen Lehrsysteme sich erstreckenden philosophischen Kenntnisse ansehen, wie sie sich allenthalben in Lukians Werken finden, wiewol philosophisches Wissen zur Schau zu tragen nirgends seine Absicht ist. [1])

Zuerst wandte er sich einem jener Systeme zu, die neben der Ethik auch, ja vorherrschend, die speculative Philosophie in ihr Be-

---

[1]) Bei der staunenswerten Belesenheit, welche diesem Heiden in den Schriften der Christen, speciell der Apologeten (Vgl. P l a n k , Lukian und das Christentum. Theol. St. u. Schr. 1851 Hft. 4) unverdienter Weise zugeschrieben wird, ist es befremdend, dass auf Lukians ausserordentliche Vertrautheit mit den griechischen Dichtern, Rednern uud Historikern bis jetzt nicht hingewiesen wurde. Ein gründliches p h i l o s o p h i s c h e s Wissen aber wurde ihm in neuerer Zeit selbst von gewichtigen Philologen abgesprochen. (Vgl. das Progr. des Gymnasiums Stockerau 1866 S. 50 ff.) Der Satiriker schreibt und widerlegt freilich kein philosophisches System in streng methodischer Form. Aber das wusste Luk. bestimmt, dass keiner seiner Zeitgenossen, der seine philosophische Stellung missbilligte, den Grund und die nachsichtige Entschuldigung dieses Irrtums in der mangelhaften Kenntnis der Systeme suche. An die Gelehrten unserer Zeit hat er allerdings nicht gedacht. Und doch werden ihm selbst diese allmälig gerecht, ja theilweise mehr als gerecht. R e m a c l y (Observat. in Luciani Hermotimum pars II. 1855, S. 13 ff.) findet im „Hermot." ein so ausgebreitetes philosophisches Wissen, dass er glaubt, Luk. könne diesen Dialog als Vierziger noch nicht geschrieben haben. F r i t z s c h e (II. 2. Prolegomena de Hermotimo, §. 2) strengt den Beweis an, dass im „Hermot." die logische Begründung vielfach wörtlich mit den Schriften der Skeptiker übereinstimme. Das Eine wenigstens ist unläugbar: Wer Platons Sprache, Feinheit und Form so wiedergeben kann, wie wir sie im „Hermot." finden, der hat diesen Meister der Darstellung nicht oberflächlich gelesen, sondern zum Gegenstande andauernden und eindringlichen Studiums gemacht und dürfte darum auch von Platons Lehre etwas verstanden haben.

reich zogen, d. i. die platonische und aristotelische Schule. Dies deutet er selbst im δὶς κατηγ. c. 32 (ἐς τὴν Ἀκαδήμειαν ἢ ἐς Λύκειον ἐλθόντα) an. Auch lässt es sich vielleicht, wie oben bemerkt, aus seinem freilich erfolglosen Anschluss an den Platoniker Nigrinus vermuten. Ausdrücklich sagt er es im Ἰκαρομένιππος c. 4. und 5. Bei welcher Schule er, nachdem ihn der Platonismus unbefriedigt gelassen hatte, zunächst die Zuflucht gesucht und in welcher Reihe er sich den übrigen zugewandt hat, lässt sich aus seinen Schriften schwerlich feststellen. Sicher steht nur, dass er nach langer Wanderung schliesslich in keiner Schule zur gesuchten Befriedigung und Ruhe gelangt ist. Von dem Augenblicke an, da er sich seiner bisherigen Täuschung und künftigen Hoffnungslosigkeit bewusst wurde, da er sich um den jahrelangen Fleiss betrogen und das Ideal seiner Jugend, dem zu Liebe er den Lebensberuf geändert hatte, zerstört sah und erkannte, dass er Kohle gefunden, wo er nach Gold gegraben hatte (c. 71), mussten der Schmerz der Enttäuschung und der Aerger über die gleichzeitigen Philosophen, die durch ihren gleissnerischen Tugendschein und ihre zur Schau getragene Glückseligkeit seinem idealen Drange immer neue Kraft eingeflösst hatten (Ἰκαρομ. c. 5—7 und 21), wie vulkanische Gewalten in seinem Herzen toben. Und doch ward „Hermot." nicht in der ersten Aufwallung dieser Empfindungen geschrieben. Das ganze Rachegefühl ist unterdrückt, Mitleid ist an seine Stelle getreten, denn in allen Philosophen sieht er nur die Genossen seines Irrtums. [1] Nur der Schmerz gräbt noch fort und verlangt Beruhigung. Diesen zu stillen wird Lukians innerstes Bedürfnis. Er glaubt es zu Stande zu bringen, wenn er sich selber die Unerreichbarkeit dessen, wornach sein Geist gestrebt hat, beweist und logisch zergliedert. [2] Zu diesem

---

[1] Bezüglich der alten Philosophen sagt er c. 77 zu Hermotimos: εἰ μὴ μόνος οἴει τεύξεσθαι τούτου καὶ αἱρήσειν διώκων, ὃ πρὸ σοῦ μάλα πολλοὶ κ'ἀγαθοὶ καὶ ὠκίτεροι παρὰ πολὺ διώκοντες οὐ κατέλαβον. Vgl. dazu Μένιππος c. 6: παραμυθούμενος ἐμαυτόν, ὅτι μετὰ πολλῶν καὶ σοφῶν καὶ σφόδρα ἐπὶ συνέσει διαβεβοημένων ἀνόητός τέ εἰμι καὶ τὸ ἀληθὲς ἔτι ἀγνοῶν περιέρχομαι. Betreffs der Zeitgenossen s. c. 71: πάντες, ὡς ἔπος εἰπεῖν, περὶ ὄνου σκιᾶς μάχονται, u. besonders c. 75.

[2] C. 71: τὸ δ' αἴτιον τῆς λύπης, ὅτι ἠλπίκει, οἶμαι, ἢ ὄναρ ποτὲ ἰδὼν τοιοῦτον ἢ αὐτὸς αὑτῷ ἀναπλάσας, οὐ πρότερον ἐξετάσας, εἰ ἐφικτὰ εὔχεται καὶ κατὰ τὴν ἀνθρώπου φύσιν. C. 67: τοῦτο ξυμβαίνει γε ἐξ ὧν φής, ἀδύνατον εἶναι φιλοσοφῆσαι καὶ ἀνέφικτον ἀν-

Bestreben, sich selber Rechenschaft und Beruhigung zu geben, trat
sein selbst aus dem Sophistenleben geretteter und aus allen seinen
Schriften hervorleuchtender Wahrheitstrieb, der ihn seiner Mitwelt in
klarer Weise das darzulegen nötigte, was wie sengende und leuch-
tende Flamme durch Herz und Geist ihm drang. Dieses Streben
nach Selbstberuhigung und dieser nach Objectivirung rin-
gende Wahrheitstrieb waren in Luk. die psychischen Motoren
zur Abfassung des „Hermotimos". Sie sind zugleich die Quellen der
zwei Hauptmerkmale dieser Schrift, der ernsten, fast wehmütigen
Stimmung, die den grössten Theil des Stückes durchweht, und der
logischen Klarheit bei streng systematischer Darstellung.

Auf Grund dieser Ansicht von dem Entstehen des „Hermot."
müssen wir es als einen Fehler erklären, wenn man das Hauptgewicht des Stückes in der formellen Seite sucht, und speciell uns
dagegen aussprechen, dass es als eine stilistische Uebung oder
„Probe" betrachtet werde, womit Luk. versuchen wollte, „was er
in der dem Sokrates ehemals eigenen Manier zu disputiren vermöge,"
sowie dass es als eine äussere Nachbildung oder Ueberarbeitung
($\delta\iota\alpha\sigma\kappa\epsilon\upsilon\acute{\eta}$) einer Menippischen Satire angesehen werde. „Hermot."
ist der methodische Nachweis eines Ueberzeugungssatzes, aber keine
Satire; er ist mit blutendem Herzen, nicht mit dem tändelnden Sinn
des theilnahmslosen Nachbildners geschrieben. Dass Luk. einzelne
Stücke als Ecksteine seines Gebäudes aus dem Pyrrhonischen Stein-
bruche geholt, geben wir gern zu, da eben diese und nur diese in
den von ihm selbständig erdachten Plan passten, und da gerade
dadurch bewiesen wird, dass der nach Wahrheit Suchende gewiss

---

$\vartheta\varrho\dot\omega\pi\psi$ $\gamma\epsilon$ $\check{o}\nu\tau\iota$. Dieses schmerzlichen Gefühles könnte Luk. nie mehr ganz
los werden, ja es wurde im Laufe der Zeit um so reger, je mehr sich Andere
im Besitze dessen zu sein rühmten, was er für immer und für Alle verloren
wusste, und umso beissender und verbitterter, je mehr er um seiner innersten
Ueberzeugung willen angegriffen wurde. Wenn auch sein Herz litt, in seinem
Geiste war es klar; denn was er durch den „Hermot." erzielen wollte, der Beweis der Unerreichbarkeit der Wahrheit durch die Philosophie, wurde erzielt
und blieb für ihn Ueberzeugung lebenslang. Nur aus dieser Innigkeit und Klarheit der Ueberzeugung fliesst in den folgenden Schriften trotz der Verbitterung
des Herzens noch der heitere Scherz, die reine fröhliche Laune. Wenn wir ihn
endlich bis zum Schlusse seines Lebens, u. z. mit steigender Erbitterung gegen
alle Gegner dieser seiner Ueberzeugung den Kampf führen sehen, so liegt wie
der Ursprung so der fortwirkende Stachel des Kampfes gerade in diesem un-
aufhörlichen Schmerze der Enttäuschung.

den ganzen Archipel der Philosophie durchforscht hatte, ehe er vor der dürren Küste der Skepsis Anker warf.

III. Gliederung der Composition.

Das Stück ist in seiner Composition ein wol durchdachter, sorgfältig angelegter und künstlich durchgeführter Bau. Es gleicht einem Circus, wo die Sitzreihen von der Arena aus in immer höher aufsteigenden concentrischen Kreisen sich erweitern, bis sie an der Umfangsmauer ihren Abschluss finden.

Der stoische Lehrer des Hermotimos ist das Centrum und der Ausgangspunkt der Betrachtung; von diesem weg erstreckt sie sich über die ganze stoische Schule, verbreitet sich dann über alle philosophischen Systeme, umspannt mit ihrem letzten Bogen die Fähigkeit der menschlichen Erkenntnis und findet endlich an der engbegrenzten Lebensdauer des Menschen ihr Ziel und ihre Schranke. Raschen Ganges, jedoch ihren Aufbau in absteigender Ordnung noch einmal sorgsam prüfend kehrt sie zum Ausgangspunkte zurück. Genauer bezeichnet zerfällt die Schrift in folgende Theile:

1. (c. 1—7) die Einleitung.
2. (c. 8—12): Dein Lehrer besitzt die Wahrheit, die er lehren will, selbst nicht.
3. (c. 13—21): Es lässt sich nicht erweisen, dass die stoische Philosophie die Wahrheit enthalte.
4. (c. 25—62): Es lässt sich nicht erweisen, welche philosophische Schule die Wahrheit enthalte.
5. (c. 64—66): Es lässt sich nicht erweisen, ob überhaupt eine philosophische Schule die Wahrheit enthalte.
6. (c. 68—70): Endlich lässt sich eine Gewissheit über den Besitz der Wahrheit nicht erreichen.
7. (c. 71—82) enthält in umgekehrter Ordnung zum Gange des Beweises eine Rückschau auf die Resultate und die Anwendung derselben auf die Wirklichkeit, u. zw. bezieht sich c. 71—75 auf die Gesammtheit der Philosophen, c. 76—79 auf alle stoischen Philosophen und c. 80—82 auf den stoischen Lehrer des Hermot. insbesonders.
8. (c. 83—86) bildet den Schluss und zeigt den Hermot. in seiner Bekehrung.

Hermotimos strebt nach seinem erhabenen Ziele unter der Voraussetzung.

1. dass die Wahrheit von dem Menschen erkennbar,
2. dass sie in den Lehren einer philosophischen Schule, u. zw.
3. in denen des Stoicismus enthalten, und
4. dass sein Lehrer ihren Besitz vermitteln könne, da er sich selber desselben erfreue.

Diese Stützen werden in umgekehrter Folge der Reihe nach niedergerissen, u. z. die vierte durch den Thatsachenbeweis des Gegentheils, die dritte durch die Widerlegung der Verlässlichkeit auf die stoischen Gründe, die zweite durch den Nachweis, dass wir wegen der Kürze des Lebens nicht alle Schulen durchmustern und daher bei der Verschiedenheit derselben die richtige nicht bestimmen können, die erste endlich durch den unwiderlegten Zweifel ins Gegentheil.

In der Leitung des Dialogs tritt mit c. 23 ein Wechsel ein, denn hier übernimmt Luk. die bisher von Hermot. gespielte Hauptrolle und Hermot. beschränkt sich auf die Defensive, die um so schwächer wird, je mehr Positionen der Gegner ihm abgenommen, und in demselben Masse verzichtet er auch allmälig auf seinen Philosophendünkel.

C. 1—7. Lukians Haltung ist sanft ironisch; er wagt nur sehr bescheiden zu fragen und in seiner naiven Verwunderung nur leise seine Bedenken vorzubringen. Hermot. fühlt sich unendlich klein im Verhältnis zu seinem Lehrer. Er schmachtet mit der ganzen ihm eingeflössten Sehnsucht nach dem Ziele, das für ihn noch in unbestimmbarer Ferne liegt; aber auf Rechnung des einst doch zu erringenden Glückes sieht er auf die übrigen unwissenden Menschen wie auf Ameisen mit stolzer Verachtung herab.

C. 8—12. Luk. wird in seiner Ironie satirischer, in seinem Unmut offener. Mit einer an Entrüstung grenzenden Stimmung deckt er den Contrast zwischen dem Lebenswandel des Meisters und der stoischen Lehre auf. Hermot. will in seinem kindlichen Vertrauen zum Lehrer keinen Schatten auf dessen Handlungen fallen lassen und möchte die Flucht ergreifen, da er den Widerspruch nicht lösen kann. Der Sectengeist ist in ihm schon vollends ausgebildet, denn herzlich freut er sich, dass sein Lehrmeister bei einer Rauferei mit dem Peripatetiker Euthydemos diesen verwundet und so besiegt.

C. 13—21. Den vorgebrachten Beweisen gegenüber kehrt Luk. zur früheren Ironie zurück. Wie spielend greift er dem Rade der Beweisführung in die Speichen und bringt es jedesmal zum Stehen, bis Hermot. unwillig die Zügel wegwirft. Hermot., an den sich Luk., angeblich des Weges unkundig, vertrauensvoll angeschlossen, ist stolz auf seine Führerschaft, gefällt sich in der Rolle seines Lehrers, wird aber ungehalten, als er wiederholt zum Stillstand gebracht wird und endlich nicht mehr weiter kann.

C. 22—24, analog zu c. 6—7, dienen, um den über die Widerlegung etwas unwillig gewordenen Hermot. zu besänftigen und für die folgende Beweisführung zu gewinnen. Daher kehrt Luk. selbst zur stoischen Glückseligkeit zurück. Lukians Haltung ist ironisch, Hermot. nimmt sie für ernst.

C. 25—62. Wie Hermot. früher (c. 14—21) den Beweis positiv zu führen suchte und widerlegt wurde, so übernimmt nun Luk. die Beweisführung negativ und siegt. Die Haltung Beider ist ernst und der Kampf wird von den zwei verschiedenen Standpunkten aus mit aller Energie der Ueberzeugung geführt.

C. 63. Hermot. sieht sich in die Enge getrieben und glaubt, noch immer im Wahne seiner Philosophenhöhe, Luk. habe aus Neid gegen ihn Alles so angelegt.

C. 64—67. Der Beweis geht rascher. Hermot. ist verwirrt. Im c. 67 recapitulirt er die ganze bisherige Argumentation und kann das Resultat nicht umstossen.

C. 68—70. Endlich läugnet Luk. die letzte Voraussetzung. Hermot. ist in seinem Widerspruche gänzlich erlahmt, athmet bei einer Voraussetzung, deren Irrealität er nicht ahnt, noch einmal vergeblich zur Hoffnung auf und erklärt sich endlich in c. 71 A. unter Wehklagen besiegt.

C. 71—86 bezwecken, den Hermot. in seinem Schmerze zu trösten und seine bisherige Täuschung vergessen zu machen. Er fügt sich in sein Schicksal und verspricht, von nun an ein anderes, freieres Leben zu führen, womit der Wehmutston des Dramas versöhnend ausklingt.

IV. Die Personen des Dialogs.

Bei der Betrachtung der zwei sich unterredenden Personen wird zuerst zu untersuchen sein, ob dieselben der Wirklichkeit entnommen, oder erdichtet sind, sodann werden wir ihre scenische und endlich ihre philosophische Haltung ins Auge fassen.

1. Dass wir unter Λυκῖνος unsern Schriftsteller selbst zu verstehen haben, steht ausser Zweifel. [1]) Unter diesem Namen tritt er in zwölf Stücken auf, unter denen wenigstens fünf (Ἑρμότιμος, κυνικός, εὐνοῦχος, πλοῖον und συμπόσιον) echt sind. Λυκῖνος ist nichts anderes als das dem griechischen Ohre accommodirte Λουκιανός. Dass Luk. diesen gräcisirten Namen nur in einzelnen Dialogen annimmt, im Leben aber, selbst in Griechenland seinen wahren Namen getragen hat und unter diesem gekannt war, ergibt sich aus Νιγρῖνος und Ἀλέξανδρος c. 55, sowie auch aus dem Umstande, dass er seine Schriften nicht unter dem Namen Λυκῖνος, sondern Λουκιανός herausgegeben hat.

Verschieden sind die Ansichten, ob wir unter Hermotimos einen wirklichen Zeitgenossen Lukians oder eine erdichtete Person

---

[1]) Vgl. Remacly a. a. O. S. 7 fl.

zu denken haben. Ranke (Pollux et Lucianus p. 28) hält es für „sonnenklar“, dass die im „Hermot.“ aufgeführten Personen, somit auch Hermot., für die Zeitgenossen erkennbar waren. Remacly [1] dagegen hält den Hermot. für eine reine Erfindung. Diese Auffassung entspricht ganz dem Standpunkte Remacly’s, der die Wahrheit aller historischen Angaben in „Hermot.“ direct läugnet oder bezweifelt. Ist aber der ganze Hermot. erdichtet, so können wir keinen Grund finden, warum sich Luk. denselben als einen Sechziger (c. 17, 77 u. 13) denkt, da die schwärmerische Anhänglichkeit an seinen Meister bei einem jüngeren Schüler viel natürlicher wäre, und das Motiv des Mitleids, wenn solches für den Betrogenen erregt werden soll, nicht so sehr in dem hohen Alter, als vielmehr in den langen Jahren der Irreleitung liegt, somit bei einem Dreissig- oder Vierzig-jährigen dieselbe Wirkung hätte. Selbst der Umstand, dass der so späte Beginn des philosophischen Studiums nicht begründet, ja nicht berührt wird, lässt eher auf einen thatsächlichen Fall als auf eine Fiction schliessen. Ferner ist die Erklärung durch die Analogie mit Luk. selbst nicht hinreichend, denn diese findet im Stücke (c. 13) nur eine sehr flüchtige, u. z. ironische Anwendung und ist nur in sehr beschränktem Masse richtig. Endlich fragen wir umsonst nach einem Grunde, warum es bis zu dieser Scene gerade zwanzig Jahre sein müssen, seit Hermot. in die Schule läuft. Man wird uns viel-leicht mit Hinweisung auf den Zweck des Dialogs entgegnen, dass eben diese lange Zeit vergeblichen Strebens ein vorzüglicher Beleg für den auf der Kürze des menschlichen Lebens fussenden Beweis sei. Angenommen! aber 30 Jahre hielten noch fester, und dieser Hermot. wäre in dem Mehr von zehn Jahren dem Angriffe des Skep-tikers sicher nicht zur stoischen Glückseligkeit entronnen. Warum

---

[1] S. 11. *Hermotimum mere fictam personam habendam esse censeo, et ita quidem, ut eius stultitia non nunquam ultra poeticae veritatis modum aucta videatur.* Wenn Remacly (S. 12) weiter sagt: *Ceterum, si quem alium, se ipsum maxime in Hermotimo effingendo ob oculos habuisse Lucianum puto,* so will er mit Rücksicht auf die *stultitia ultra modum aucta* diese Selbstdarstellung Lukians in Hermot. hoffentlich auf die zwei von ihm erwähnten äusseren Umstände beschränkt wissen. Hierin stimmen wir gern bei. Weiter aber könnten wir ihm in der Annahme dieser Selbstver-herrlichung Lukians um so weniger folgen. als Hermot. nicht jene Classe von Schülern repräsentirt, welche wie Luk. durch eigene Kraft u. die selbständig errungene Ueberzeugung sich den Fesseln des Meisters entwinden, sondern die-jenigen, welche mit Widerstreben durch die Hilfe eines Dritten befreit werden.

lässt ihn also Luk. nicht in dem angemessenen Alter von 16 bis 20 Jahren das Studium der Philosophie beginnen und zur Zeit dieser Scene fünfzig Jahre alt sein? Kurz diese zwei Angaben, welche so bestimmt, wiederholt und trotz ihrer Auffälligkeit ohne alle Begründung gemacht werden, lassen vermuten, dass dem Schriftsteller in Hermot. eine bestimmte Person vorgeschwebt habe, bei der diese Angaben thatsächlich zutrafen. In dieser Vermutung werden wir durch den Lebenslauf Lukians selber bestärkt. Ist es wahrscheinlich, dass Luk. 20 Jahre vor dieser Scene (c. 2) in Athen gewesen? Es steht ausser Zweifel, dass er als Sophist von Griechenland nach Italien und von da nach Gallien gewandert ist (δὶς κατηγ. c. 27 u. 28, ἀπολ. c. 15.) In diesen Ländern hat er sich nebst grossem Ruhme so viel Geld erworben, dass er nach dem Aufgeben dieses Berufes kummerlos zunächst dem Studium der Philosophie und dann der Schriftstellerei sich widmen konnte. Wenn man bedenkt, dass das Geschäft in Griechenland noch ziemlich flau gegangen sein mag, wesshalb er wahrscheinlich weiter zog, dass es ihm auch in Italien an Concurrenten nicht gefehlt haben dürfte, und er erst, was er in ἀπολ. c. 15 u. δὶς κατηγ. c. 27 ausdrücklich erklärt, in Gallien zu den bestbezahlten Sophisten sich emporarbeitete, so müssen wir, da er sich in Griechenland und Italien wol nichts erspart hat, immerhin eine grössere Zahl von Jahren als notwendig halten, um ausser dem täglichen Lebensbedarfe sich noch so viel zu erwerben, dass er beiläufig 35 Jahre davon leben und Reisen machen konnte. — Ferner ergibt sich aus δὶς κατηγ. c. 27, dass er sich sehr jung (κομιδῇ μειράκιον ὢν καὶ μονονουχὶ κάνδυν ἐνδεδυκὼς ἐς τὸν Ἀσσύριον τρόπον) in Jonien dem Studium und den Uebungen der Rhetorik zugewendet, dort schon als Rhetor Beifall gefunden u. sich endlich nach Griechenland begeben hat. Dieser Erzählung gemäss dürfen wir mit Grund annehmen, dass er bei seiner ersten Ankunft in Griechenland (Athen) nicht viel mehr als zwanzig Jahre alt gewesen. Wenn Luk. endlich, was ausser Remacly [1]) noch Niemand bezweifelt hat, zur Zeit dieser Scene, wo er der Sophistik bereits entsagt hat, beiläufig 40 Jahre zählt (c. 13) und c. 2 erklärt, dass er den Hermot. vor 20 Jahren in Athen kennen gelernt, so können wir in dieser Angabe nur eine Richtigkeitsbestätigung dessen sehen, was wir oben aus seinen

----

[1]) A. a. O. S. 13. Remacly's Ansicht werden wir bei der „Abfassungszeit" beleuchten.

Reisen mit Wahrscheinlichkeit deducirt haben: dass er im Alter von
beiläufig zwanzig Jahren das erstemal zu Athen gewesen. [1] Allerdings ist mit dem Beweise, dass Luk. als zwanzigjähriger Jüngling
zu Athen gewesen, noch nicht die Existenz des Hermot. bewiesen.
Allein was hatte Luk. für einen Grund, mit einer wahren Angabe
eine falsche zu verbinden, da er doch die Erklärung, dass Hermot.
bereits 20 Jahre Philosophie studire, dem Hermot. selbst hätte in
den Mund legen können? Ja es hätte die Handlung des Stückes und
die Lebendigkeit des Dialogs gar keine Einbusse erlitten, wenn sich
Luk. einem ganz fremden Philosophenschüler beigesellt und im ersten
Theile die Rolle des naiven Neulings gespielt hätte, wie er sie ja
auch dem Bekannten gegenüber spielt.

Ist die Vermutung richtig, dass Luk. einen Mann gekannt
habe, der vom 40. bis 60. Lebensjahre, schmachtend nach der
stoischen Glückseligkeit, einem Meister dieser Schule nachlief, so sind
auch die zwei Erscheinungen begründet, die an diesem greisen
Schüler auffallen, die äussere Wolhabenheit und geistige Armut. Hermot. ist deutlich als Schwachkopf gezeichnet. Wer zwanzig Jahre
braucht, um Zeno's oder Kleanthes' Lehre zu begreifen, oder wer
durch zwanzig Jahre glaubt, das $\dot{o}\mu o\lambda o\gamma o\nu\mu\acute{e}\nu\omega\varsigma$ $\tau\tilde{\eta}$ $\phi\acute{\nu}\sigma\epsilon\iota$ $\zeta\tilde{\eta}\nu$, die
vita sibi concors aus der Theorie und Schule eines solchen Lehrers
erlernen und daraus die $\epsilon\dot{v}\delta\alpha\iota\mu o\nu\acute{\iota}\alpha$ holen zu können, wer in diesem
Alter nach zwanzigjährigem Unterrichte auf dem Wege zur Tugend
des Führers nicht entraten kann, der darf auch die Sprache dieses
Hermot. und seine Beweise führen, der darf neben der kindlichen,
vertrauensseligen Anhänglichkeit an seinen Lehrer auch die Blindheit für dessen Fehler besitzen, der darf sicher auf Glauben rechnen,

---

[1] Schon W e t z l a r, *de aetate vita scriptisque Luciani 1834*,
hat S. 28 mit Berufung auf „Hermot." c. 2. den Aufenthalt des zwanzigjähr.
Luk. in Athen angenommen und durch diese Berufung die Angabe als wahr
vorausgesetzt. P l a n c k, *quaestiones Lucianeae* 1850 setzt S. 7 zwar ebenfalls die Dauer der sophistischen Wanderschaft auf 20 Jahre fest, verwirft aber
Wetzlar's Beweisstelle als „*per risum dicta*". Planck dachte wol nur an c. 2.
Wir schliessen aber gerade aus der oftmaligen Hinweisung auf diese 20 Jahre,
dass nicht nur Lukians Zeitangabe richtig ist, sondern dass er auch bei der Abfassung des „Hermot." einen thatsächlichen Fall vor Augen hatte. Vgl. ausser
c. 2 auch c. 71: $\tau\dot{\alpha}$ $\tau o\sigma\alpha\tilde{\nu}\tau\alpha$ $\ddot{e}\tau\eta$, c. 83: $\ddot{o}\sigma o\nu$ $\dot{a}\vartheta\lambda\iota o\varsigma$ $\chi\rho\acute{o}\nu o\nu$ $\dot{a}\nu\acute{a}\lambda\omega\zeta\alpha$,
c. 13: $\varkappa\alpha\grave{\iota}$ $\alpha\dot{\nu}\tau\grave{o}\varsigma$ $\varkappa\alpha\tau\dot{\alpha}$ $\sigma\grave{e}$ $\gamma\epsilon\gamma o\nu\acute{\omega}\varsigma$, c. 77: $\varkappa\alpha\grave{\iota}$ $\epsilon\dot{\iota}\varsigma\alpha\tilde{\nu}\vartheta\iota\varsigma$ $\pi o\nu\acute{\eta}\sigma\epsilon\iota\varsigma$ $\ddot{a}\lambda\lambda\alpha$
$\epsilon\ddot{\iota}\varkappa o\sigma\iota\nu$ $\ddot{e}\tau\eta$ $\tau o\dot{\nu}\lambda\acute{a}\chi\iota\sigma\tau o\nu$ u. c. 13: $\dot{\iota}\varkappa\alpha\nu\grave{o}\nu$, $\epsilon\dot{\iota}$ $\mu\epsilon\tau\dot{\alpha}$ $\epsilon\ddot{\iota}\varkappa o\sigma\iota\nu$ $\ddot{e}\tau\eta$ $\gamma\epsilon\nu o\acute{\iota}\mu\eta\nu$
$\tau o\iota o\tilde{\nu}\tau o\varsigma$, $o\dot{l}o\varsigma$ $\sigma\grave{\nu}$ $\nu\tilde{\nu}\nu$.

wenn er sagt, dass er erst am Anfang des Weges stehe, welcher zum Ziele führe, und dass die ganze Schuld an ihm selber liege (c. 2 u. 3). Kurz wer durch zwanzig Jahre sich am Gängelbande (Luk. sagt: τῆς ῥινός) führen lässt, ohne die Selbständigkeit zu erlangen, der darf auch die ganze Unbehilflichkeit und geistige Kraftlosigkeit des Hermot. zur Schau tragen.

Desgleichen dürfen wir aus dem Umstande, dass Hermot. durch zwanzig Jahre, ohne etwas zu verdienen, seinen Lebensunterhalt bestreitet u. dazu ein nicht geringes Schulgeld entrichtet (μισθοὺς οὐκ ὀλίγους τελῶν. c. 83), die Folgerung ziehen, derselbe habe ein bedeutendes Vermögen besessen, wodurch die Berichte von seinen Reisen und Theilnahmen an vielen Nationalfesten in Griechenland (c. 38 u. 39), sowie der Entschluss, den abgetragenen Philosophenmantel mit einem Purpurkleide zu vertauschen (c. 86), ihre Erklärung finden.

So weit halten wir den Hermot. für eine wirkliche Person. Andere Umstände dagegen, z. B. dass er die Vorträge seines Meisters ins Reine schrieb, dass er vom Studiren blass und mager war, dass sein Vater Menekrates geheissen u. dgl. sind poetische Zuthaten. Auch war Luk. mit dem Manne dieses Schlages gewiss viel weniger vertraut, als er angibt; vielleicht beschränkt sich die ganze Bekanntschaft auf eine äussere Beobachtung. Einzelne Andeutungen hierüber enthält die Schrift selbst. Luk. kennt des Hermot. Mitschüler, Dion von Heraklea, nur vom Sehen, der Name ist ihm unbekannt (c. 9); er weiss den Namen der Mutter nicht (c. 50); dass Hermot. ein guter Schwimmer ist, vermutet er nur (c. 65). Endlich glauben wir nicht, dass der Mann, den Luk. vor Augen hatte, Hermotimos geheissen habe; denn die Nennung des wahren Namens war völlig zwecklos, da in der Rolle des Hermot. weder eine Satire noch eine Verherrlichung, und am wenigsten eine persönliche, des Trägers derselben liegt. Man wird uns entgegnen: „Aber der sechzigjährige Hermot. ist schon durch die Bezeichnung als Schüler kenntlich gemacht". Dies können wir, wenn überhaupt, nur für einen sehr engen Kreis gelten lassen. Die stoische Schule hatte damals den grössten Anhang (c. 16) [1]), versammelte doch schon des Hermotimos' Lehrer eine ganze Schaar (μάλα πολλούς, c. 11) um sich. Der grösste Theil

---

[1]) Nach ὁρμαθεῖα c. 16 hatten, wenn die Berichte wörtlich zu nehmen sind, um einige Jahre später in Athen die Kyniker die Majorität.

des Volkes fragte bei der Menge der Philosophen [1] wol wenig, ob dieser oder jener Grau- oder Krausebart Meister oder Schüler oder Philosoph auf eigene Faust sei. Der alte Schüler konnte somit nur seinen nähern Bekannten erkennbar sein, und auch dies nur dann, wenn es nicht mehrere Stoa-Schüler dieses Alters gab. Nun fanden sich aber (c. 48) sogar achtzigjährige Stoiker, die sich noch nicht der Meisterschaft rühmen konnten.

Wir berühren hier nur noch kurz die Existenzfrage des stoischen Lehrers. Sie gehört strenge nicht hieher, aber sie ist für den Zweck des Stückes wichtiger als die des Hermotimos. Mit dem Schüler Hermot., soweit er der Wirklichkeit angehört, drängte sich dem Schriftsteller von selbst auch das Bild des Lehrers auf. Da aber Luk. diesem im Stücke eine specielle Aufgabe zuwies und ihn zur ersten Stufe der aufsteigenden und sich allmälig erweiternden Beweisführung benützte, so durfte er sich nicht auf die Individualität dieses Mannes beschränken, sondern musste ihn zum Typus aller damaligen stoischen Meister verallgemeinern. Denn der Satz, den dieser Lehrer darzustellen hat, muss, wenn er Beweiskraft haben soll, dem Sinne nach heissen: „Die heutigen Lehrer der Stoa besitzen die Wahrheit selber nicht". Und in der That entspricht dieser Lehrer nicht bloss der allgemeinen Charakteristik der Stoiker, wie sie in *Μένιππος* c. 25, *Ἰκαρομέν.* c. 21, 29—31, *βίων πρᾶσ.* c. 24 u. 25, *Ἑρμότ.* c. 18 vor uns liegt, sondern wir finden ihn auch im Thesmopolis (*Ἀλεκτρ.* c. 10 u. 11) und im Thrasykles (*Τίμων* c. 54 ff.) verkörpert. Diese Leute lassen sich kurz so charakterisiren: Sie treiben ein Geschäft, sind Schauspieler vor dem grossen Publicum und spielen gegen gutes Honorar in engeren Cirkeln täglich zwei Stunden Chrysippos, leben im Uebrigen zwar nicht stoisch, aber ihrer Natur gemäss.

2. Einem Dialoge, dessen ganze Handlung u. Aufgabe in der Ueberzeugung u. Ueberweisung einer der zwei Personen liegt, Leben und das sonst die Handlung begleitende Interesse zu verleihen, gehört zu den schwierigsten Aufgaben eines Schriftstellers. So erfindungsreich sich Luk. sonst in der Bestimmung u. Abgrenzung der Situation, in der Gruppirung der typischen oder historischen Charaktere oder in der individuellen Ausstattung der von ihm erdachten Personen, in der Auswahl des Gesprächsgegenstandes, kurz in der Zusammen-

---

[1] *Δραπέται.* c. 16: τοιγαροῦν ἐμπέπλησται πᾶσα πόλις τῆς τοιαύτης ῥᾳδιουργίας.

stellung des ganzen äusseren Apparates zeigt — hier hat er auf alle diese Kunstgriffe verzichtet; das ganze Interesse liegt in dem Gegenstande. Ausser der zum Theile durch den Zweck der Schrift bedingten Charakterisirung des Hermot. steht nichts da, das äussere Interesse zu erregen, als die im ersten Theile an den Charakter des Hermot. sich anschmiegende und im zweiten Theile von der Ueberzeugungstreue Lukians und von der Kraft der Beweise durchdrungene und getragene Dialogsform.

Lukian selbst zeigt sich von c. 25 an in seiner ganzen Offenheit und legt den Grundzug seines Charakters, Streben nach Klarheit, Liebe zur Wahrheit an den Tag. Im ersten Theile nötigt ihn der zunftstolze Gegner zur Rolle des Nichtwissers. Er handhabt die Ironie (wie in mehreren Dialogen, vgl. bes. $Z\varepsilon\grave{v}\varsigma\ \check{\varepsilon}\lambda\varepsilon\gamma\chi$.) mit socratischer Meisterschaft. Wo aber (c. 8—12) des Herm. Lehrer zur Sprache kömmt, da fällt ihm die Maske der Verstellung vom Gesichte, seine Wahrheitsliebe und mit ihr der Unmut über Lüge und Betrug durchbrechen die Schranke der vorsätzlichen Zurückhaltnng. — Bei Hermotimos treten besonders drei Eigenschaften hervor, nämlich die schmachtende Hingabe an das erhoffte Ziel, die blinde Bewunderung für seinen Lehrer und der philosophische Kastengeist. Zwanzig Jahre, nahezu die letzten seines Lebens, müht er sich bis zur Entkräftung ab, das hohe Ziel zu erreichen; fortwährend sitzt er entweder in der Schule oder studirt und schreibt seine Hefte ins Reine (c. 2) und will keine Lehrstunde versäumen (c. 11), selbst auf der Strasse flüstert er den Vortrag des Meisters wiederholend vor sich hin (c. 1), wehrt sich mit allen seinen allerdings schwachen Kräften gegen den Zerstörer seiner Illusion und erhofft (c. 69), während er sein Schiff schon sinken sieht, noch Rettung von der Welle, die es zerschellt hat. — Dass der Meister 'die Höhe der Tugend und Glückseligkeit inne hat, bezweifelt er nicht im Entferntesten (c. 7); den Vorwurf, dass der Mann, welcher angeblich alles irdische Sinnen abgestreift hat, Geld auf Zinsen leiht, weiss er durch die Liebe zu den Kindern abzuschwächen und zu entschuldigen (c. 10). Die kurze Abfertigung des Gegners durch $\tau\tilde{\omega}\ \delta\iota\delta\alpha\sigma\varkappa\acute{\alpha}\lambda\omega\ \pi\iota\sigma\tau\varepsilon\acute{v}\omega\ \lambda\acute{\varepsilon}\gamma o\nu\tau\iota$ (c. 7) klingt wie $\alpha\grave{v}\tau\grave{o}\varsigma\ \check{\varepsilon}\varphi\alpha$. Es liegt ihm fern, für die Langsamkeit seiner Fortschritte den Lehrer auch nur im Geringsten verantwortlich zu machen (c. 13); er findet es endlich in der Ordnung, dass derselbe einen Schüler, der das Schulgeld nicht rechtzeitig entrichtete, schreiend und polternd vor Gericht schleppt (c. 9). — So demutsvoll und bescheiden sich Hermot. geberdet, wo er von dem Ziele seines Strebens und dem Verhältnisse zu seinem Lehrer spricht, ebenso kühn schwellt ihn der Kastengeist, wo er als Philosoph zu andern Menschen in Vergleich tritt. Mit Geringschätzung schaut er von seiner philosophischen Höhe auf das ungebildete Volk wie auf eine Schaar Kinder (c. 13) oder wie auf einen Ameishaufen (c. 5) oder endlich wie auf einen grossen Kehrichthaufen (πολὺς τῶν ἰδιωτῶν συρφετός, c. 1) herab. Besonders komisch wird sein Philosophenstolz, wenn er (c. 63) von Luk., dem Laien, in die Enge getrieben nichts mehr zu entgegnen weiss und sagt, jener setze ihm nur aus Neid so sehr zu, weil er ihm in der Wissenschaft den Vorrang abgewonnen habe. — Nicht minder fest steckt in ihm der Sectengeist. Abgesehen davon, dass er überhaupt den Stoicismus als die edelste Secte vertheidigt, erkundigt er sich recht angelegentlich, wer in einem philosophischen Streite den Sieg davon getragen habe, der Stoiker oder der Peripatetiker; und wie er vernimmt, der Stoiker habe dadurch, dass er dem Gegner mit einem Kruge den Kopf blutig schlug, gesiegt, freut er sich herzlich und meint, so müsse es kommen, wenn man dem Gescheidtern nicht nachgebe (c. 11 u. 12).

3. Wir verkennen nicht, dass die Charakterzeichnung der beiden Personen hier weniger scharf erscheint, als es in vielen anderen Schriften Lukians der Fall, ja als es bei Luk. Regel ist — liegt doch das Gewicht des Zweckes hier nicht in der persönlichen Qualität der Unterredner, aber, worauf es besonders ankömmt, die philosophischen Standpunkte des Stoikers einerseits und des Skeptikers andererseits sind scharf von einander geschieden und beiderseits streng gewahrt.

Die Begriffe des nicht unmittelbar Wahrnehmbaren entstehen dem Stoiker aus der Erfahrung entweder von selbst und kunstlos (φυσικῶς, ἀνεπιτεχνήτως) oder durch die Thätigkeit des methodischen Denkens (ἔννοια τεχνικαί). Auf die erstere Art entwickle sich im Menschen sogar die Idee der Tugend und der Gottheit. Als ein solches von selbst Gewordenes betrachtet Hermotimos für sich auch den Begriff der Wahrheit. Er ist ihm ebenso ein *a priori* Feststehendes, von selbst ihm zu Theil Gewordenes, Allen Gemeinsames (ἔννοια κοινή), wie der Begriff des Süssen und Sauren. Wie der Geschmack (c. 57—58) nur ein Gläschen Wein zu kosten braucht, um auf die Güte des ganzen Fasses schliessen zu können, so erkennt Hermot. mit seinem Wahrheitsbegriffe aus einem einzigen Satze die Wahrheit des ganzen Systems und kann vom Theile auf das Ganze, wie von der Löwenklaue auf die Grösse des Löwen schliessen (c. 54). Weil er die Idee des Wahren inne hat, ist ihm auch die Erkenntnis der einzelnen Wahrheiten ebenso sicher, wie dass $2 + 2 = 4$ ist (c. 35), und findet er unter mehreren Schalen die gesuchte (gestohlene) sofort heraus (c. 37—38). Dadurch dass Hermot. die stoische Ideenlehre auf die Wahrheit selbst ausdehnt, macht er allerdings die Lehre der Stoiker von der Unterscheidung des Wahren und Falschen überflüssig, aber er unterlässt es nicht, auch den Glauben an diese deutlich zu bekennen. Der subjective Beifall (συγκατάθεσις) zu der das Objekt erfassenden Vorstellung ist dem Stoiker das Kriterium der Wahrheit. Diese *assensio*, um mit Zeno (Cic. Acad. I. 14) zu reden, *est in nobis posita et voluntaria*. Ist also das unmittelbar als gewiss Erkannte das Wahre, so wird der beliebige Beifall bei dem Einen vorschnell, bei dem Andern überlegter, bei dem Einen inniger, bei dem Andern oberflächlicher sein. Von der eigenen Strenge und Combinationsgabe des Vorstellenden wird der Zeitpunkt und die Stärke des Beifalls abhängen. Bei der schwärmerischen Hingabe des Hermot. an seinen Lehrer und bei seiner bescheidenen Geistesbegabung ist es begreiflich, dass seine Zustimmung nicht allzu langsam erfolgte, aber auch nicht tief wurzelte. Diesem oberflächlichen Urtheile entspricht die vorschnelle συγκατάθεσις, wenn er (c. 29) die Stoiker rundweg als die einzig möglichen (ἄλλως δὲ ἀδύνατον) Führer zur Wahrheit bezeichnet und (c. 7) die Bedenken Lukians mit den kurzen Worten: ἀλλὰ τῷ διδασκάλῳ πιστεύω λέγοντι abfertigt. Den *consensus gentium* (Seneca ep. 117, 6: *apud nos veritatis argumentum est aliquid omnibus videri*) nimmt er weniger streng, indem er sich mit der Wahrnehmung begnügt, dass die meisten Philosophen sich der Stoa zuwenden, und mit der Versicherung Vieler sich bescheidet, dass die Stoiker wackere Männer seien (c. 16). Aber dieser Mehrheitsbeweis gepaart mit seinem eigenen, freilich nur auf der Beobachtung von Aeusserlichkeiten beruhenden Urtheile, d. i. die eigene συγκατάθεσις im Bunde mit der diessbezüglichen πρόληψις gewähren ihm völlige Sicherheit (c. 18). Strenger gewahrt ist der stoische Standpunkt der Unmittelbarkeit in der Erkenntnis, wenn Hermot. (c. 15) auf Lukians Frage, ob ihn der pythische Apollo an die Stoiker gewiesen, antwortet: ᾤμην αὐτὸς ἱκανὸς εἶναι ἑλέσθαι τὸ βέλτιον κατ' ἐμαυτόν. Am deutlichsten jedoch tritt die συγκατάθεσις, jenes stolze Verfügungsrecht über seine Zustimmung, in c. 21 hervor, wo Hermot. sagt: *ἐγὼ δὲ κατὰ θεὸν* (= *κατ' ἐμαυτὸν*) *εἱλόμην, καὶ οὐ μεταμέλει μοι τῆς αἱρέσεως, ἱκανὸν δὲ τοῦτο πρὸς γοῦν ἐμέ.*

Lukian steht auf dem Standpunkte des Laien, der mit der Methode des Dialogs von c. 21 an eine kleine Aenderung erfährt. Bis c. 20 ist Lukians Untersuchungsweise die sokratisch-ironische, und er spielt den in philosophischen Dingen (s. bes. c. 15) völlig Unerfahrenen. [1]) Von c. 21 an, wo er die Hauptrolle im Dialoge auf sich nimmt, streift er zwar mit der geänderten Methode den philosophischen Ignoranten immer mehr ab (s. c. 36, 55 ff.), bleibt aber dem Laien-Standpunkte treu, ja bezeichnet seine Untersuchungsart im vorhinein (c. 21) nachdrücklich mit den Worten: *κατάστασιν ἰδιωτικῶς ἀναζητῶ.* Also nicht die Erkenntnislehre irgend eines philosophischen Systems, unterstützt von einer schulgerechten Dialektik, ist ihm die Wegweiserin bei seiner Untersuchung, ob und wo die wahre Philosophie sich finde, sondern nur von der Erfahrung des täglichen Lebens begleitet will er unter Führung des gewöhnlichen Menschenverstandes seinem Ziele zugehen. [2]) Dieser Aufgabe wird

----

[1]) Eine Zwitterrolle spielt er nur in c. 14, wo er der Beantworter seiner eigenen Frage, Idiot und Sachkundiger zugleich ist, wo er das selber als richtig betheuert, was er nur von Andern gehört zu haben erklärt. Wie an derselben Stelle das *πάντως που ἓν ἦν*, was der umsichtige Fritzsche endlich in *ἓν εἶναι* geändert hat, anstössig gewesen, ebenso unwahrscheinlich ist es, dass in einem Stücke, welches Luk. meines Erachtens fleissiger als jedes andere gearbeitet hat, die Worte *ἢ ἀληθὴ ἐγὼ ἤκουον ὡς καὶ ἄλλοι πολλοί τινές εἰσιν* einerseits, und andererseits *Ἀληθῆ ταῦτα· πολλοὶ γάρ εἰσι* fast unmittelbar nach einander aus einem und demselben Munde kommen. Die Schuld liegt offenbar in der Verschiebung der Personen. Die Aufzählung der Philosophenschulen gehört, wie c. 15 und 16 dem Lykinos, und die Bekräftigung: *Ἀληθῆ ταῦτα· πολλοὶ γάρ εἰσι* der vorausgegangenen Versicherung: *Μάλα πολλοὶ* dem Hermot. zu. Somit wäre die Stelle folgendermassen abzutheilen: *ΕΡΜ. Μάλα πολλοί. ΛΥΚ. Περιπατητικοὶ καὶ . . . . ἔτι πλείους. ΕΡΜ. Ἀληθῆ ταῦτα· πολλοὶ γάρ εἰσιν. ΛΥΚ. Πότερον δή, ... διάφορα.* Damit ist auch die Charakter-Continuität des Lyk. gewahrt, der selber nichts weiss und das nur durch Hörensagen Erfahrene sich von Hermot. bestätigen lässt.

[2]) Dieser Standpunkt allein reicht hin, um uns das Vorkommen der zahlreichen Bilder und Vergleiche in diesem Dialoge zu erklären. In diesem Standpunkte liegt auch der wahrscheinliche Grund, warum Luk. des Hermot. tarde Fassungsgabe der Natur gemäss im Stücke beibehalten u. gewissenhaft berücksichtigt hat. Er hing sich dadurch ein Bleigewicht an die Füsse, das ihn über diesen Standpunkt sich hinaus zu erheben hindert, und ihn nötigt, innerhalb der Gedankensphäre des Volkes verständlich zubleiben. Und es gilt vorherrschend von dieser Schrift, wenn Luk. (*δὶς κατηγ.* c. 34) sagt: *πρῶτον μὲν αὐτὸν* (*διάλογον*) *ἐπὶ γῆς βαίνειν εἴθισα ἐς τὸν ἀνθρώπινον τοῦτον τρόπον.*

er in glänzender Weise gerecht, indem er mit wunderbarer Einfachheit und logischer Klarheit die Einwendungen des Hermot. widerlegt und die theoretischen Sätze durch leicht fassliche Beispiele und Bilder zur Anschauung bringt. Mit einer gewissen Neugierde wartet man von c. 64 an, wo der Schlusssatz das erstemal angekündet wird, wie er endlich den entscheidenden Beweis einem Hermot. beibringen werde, und wird durch die ebenso originelle als einfache Einführung der Gewährsmänner, deren jeder die Wahrheit des vorausgehenden bestätigen soll, angenehm überrascht.

Bei der unverkennbaren Absicht, die Untersuchung von jeder schulgerechten Beweisführung rein zu halten und lediglich auf die Erfahrung und den gewöhnlichen Menschenverstand zu stützen, hält Luk. doch an dem wichtigen skeptischen Grundsatze, der Zurückhaltung jedes bestimmten Urtheils, mit unerschütterlicher Consequenz fest. Diese $\dot{\epsilon}\pi o\chi\acute{\eta}$ beobachtet er so strenge, dass er selbst bei dem erstem Beweise (c. 8—12), welcher durch die Thatsachen unwiderleglich erbracht ist, weder Behauptung noch Schluss formell ausspricht. Aber Hermot. dringt wiederholt auf eine bestimmte Erklärung, die er jedoch nie erhält. Nach dem Beweise, dass unser Leben zur langen Prüfung, welche von den wenigstens zehn verschiedenen Schulen (c. 48 u. 66) die Trägerin der Wahrheit sei, nicht ausreiche, verlangt Hermot. die Folgerung $\dot{\omega}\varsigma$ $o\dot{v}$ $\varphi\iota\lambda o\sigma o\varphi\eta\tau\acute{\epsilon}ov$ $\dot{\eta}\mu\tilde{\iota}v$, Luk. aber verwahrt sich dagegen. Wo in dem Beweise, dass es nicht ausgemacht sei, ob überhaupt eine Schule die Wahrheit enthalte (c. 64—66), Hermot. den Luk. zur bestimmten Behauptung drängen will, dass keine Schule die Wahrheit besitze, fertigt ihn Luk. mit dem echt skeptischen $"\mathcal{A}\delta\eta\lambda ov$ kurz ab und geht in der Aeusserung seines Urtheils nicht weiter als: $\ddot{a}\delta\iota\lambda ov$, $\epsilon\ddot{\iota}\tau\epsilon$ $\epsilon\ddot{v}\varrho\eta\tau\alpha\iota$ $\pi\varrho\grave{o}\varsigma$ $\tau\tilde{\omega}v$ $\varphi\iota\lambda o\sigma o\varphi o\acute{v}v\tau\omega v$ $\pi\acute{a}\lambda\alpha\iota$ $\tau'\alpha\lambda\eta\vartheta\grave{\epsilon}\varsigma$ $\epsilon\ddot{\iota}\tau\epsilon$ $\varkappa\alpha\grave{\iota}$ $\mu\acute{\eta}$ (c. 67). Auch der Schlusssatz, ob der Mensch die Wahrheit zu erkennen vermöge, wird nicht bestimmt verneint, sondern in verschiedenen Formen nur als etwas Unausgemachtes und durch keinen Gewährsmann Erweisbares hingestellt.

V. Welche philosophische Ansicht verficht Lukian in diesem Dialoge?

Dieser Dialog ist die einzige unter den beiläufig 80 lukianischen Schriften, in welcher ein philosophischer Grundsatz systematisch behandelt und der Beweis methodisch durchgeführt wird. Wie überhaupt der Weg der nacharistotelischen Philosophie in seinen bedeutendsten Abzweigungen, der stoischen, epikureischen und skeptischen Lehre, von der Richtung der metaphysischen Untersuchung immer mehr abgewichen war, und sich der praktischen Ethik, der Frage um die Gemütsruhe des Menschen, zugewendet hatte, so nahm auch Luk. in „Hermot." die menschliche Glückseligkeit (c. 1: $\check{\eta}$ $\check{\alpha}\vartheta\lambda\iota o\nu$ $\varepsilon\check{\iota}\nu\alpha\iota$ $\check{\eta}$ $\varepsilon\dot{\upsilon}\delta\alpha\iota\mu o\nu\tilde{\eta}\sigma\alpha\iota$ $\varphi\iota\lambda o\sigma o\varphi\acute{\eta}\sigma\alpha\nu\tau\alpha$) zum Ausgangs- und Zielpunkte seiner Untersuchung. Er frägt zunächst, was und wo das Mittel sei, wodurch die Glückseligkeit erworben werde. Bei den vielen und manigfaltigen, ja sogar sich widersprechenden Angaben der verschiedenen philosophischen Schulen hält er es zunächst für überflüssig, nach einem neuen, von den Philosophen noch unentdeckten Mittel zu suchen, sondern geht von der Voraussetzung aus, dass, wenn das wahre Heilmittel der menschlichen Sehnsucht überhaupt existire, dasselbe in dem Recepte irgend einer der bestehenden oder bestandenen Secten enthalten sein müsse. Aber — und hier beginnt sein Skepticismus — es lässt sich nicht beweisen, ob irgend eine und welche Schule die Wahrheit lehre, denn es können sich alle täuschen (setzt er c. 65 den bisherigen Standpunkt erweiternd hinzu). Wir aber müssen in dieser Ungewissheit verharren, weil uns die Sicherheit das Wahre vom Falschen zu unterscheiden (c. 68: $\tau\grave{o}$ $\varkappa\varrho\acute{\iota}\nu\varepsilon\iota\nu$ $\delta\acute{\upsilon}\nu\alpha\sigma\vartheta\alpha\iota$ $\varkappa\alpha\grave{\iota}$ $\chi\omega\varrho\acute{\iota}\zeta\varepsilon\iota\nu$ $\dot{\alpha}\pi\grave{o}$ $\tau\tilde{\omega}\nu$ $\dot{\alpha}\lambda\eta\vartheta\tilde{\omega}\nu$ $\tau\grave{\alpha}$ $\psi\varepsilon\upsilon\delta\tilde{\eta}$), kurz das Kriterium der Wahrheit fehlt. Es bleibt uns daher keine andere Wahl — so folgern die Skeptiker und Luk. mit ihnen — als auf jede sichere Ueberzeugung und bestimmte Erklärung zu verzichten. Was wir behaupten, ist nur das Bekenntnis, dass es uns so scheine. Vgl. *Sextus Emp. Πυῤῥ.* I. 197, *ed. Bekker;* damit übereinstimmend sagt Diogenes L. V. 103: $\dot{\varepsilon}\nu$ $\tilde{\dot{\omega}}$ $o\check{\upsilon}\nu$ $\lambda\acute{\varepsilon}\gamma o\mu\varepsilon\nu$ $\mu\eta\delta\grave{\varepsilon}\nu$ $\dot{o}\varrho\acute{\iota}\zeta\varepsilon\iota\nu$ $o\dot{\upsilon}\delta'$ $\alpha\dot{\upsilon}\tau\grave{o}$ $\tau o\tilde{\upsilon}\tau o$ $\dot{o}\varrho\iota\zeta\acute{o}\mu\varepsilon\vartheta\alpha.$[1] Aus diesem Nichtentscheiden, aus dieser Zurückhaltung jeder bestimmten Behauptung, aus diesem „fünf gerad sein lassen", sagen die Pyrrhoneer, fliesst jene unerschütterliche Gemütsruhe ($\dot{\alpha}\tau\alpha\varrho\alpha\xi\acute{\iota}\alpha$), welche das Fundament der Glückseligkeit ist. Hier aber verlässt

---

[1] Der Scholiast thut Unrecht, wenn er zu c. 70, wo Luk. beweist, dass wir für den Besitz der Wahrheit keinen Gewährsmann finden können, frägt, ob denn Lukians Spitzfindigkeiten ($\dot{\alpha}\mu\varphi\iota\beta o\lambda\acute{\iota}\alpha\iota$) fester begründet seien. Luk. läugnet eben jede Beweisfähigkeit der Wahrheit und nimmt daher für seine Behauptungen keine grössere Sicherheit in Anspruch, als für die der Andern. Vgl. den Schluss des c. 53, der gerade gegen diesen Vorwurf gerichtet ist: $\mu\varepsilon\tau\grave{\alpha}$ $\pi\acute{\alpha}\nu\tau\omega\nu$ $\tau'\alpha\lambda\eta\vartheta\grave{\varepsilon}\varsigma$ $\dot{\alpha}\gamma\nu o\varepsilon\tilde{\iota}\nu$ $\dot{o}\mu o\lambda o\gamma\tilde{\omega}.$

Luk. seine bisherige Begleitung und geht seinen Weg allein. Auch er sucht die möglichst erreichbare Glückseligkeit in der Gemütsruhe. Die Mittel hiezu sind ihm 1. die Unbefangenheit und Klarheit des Geistes und 2. die äussere Unabhängigkeit, nicht aber, um hier nur von der geistigen Bedingung zu sprechen, [1]) jenes skeptische Halbdunkel, welches dem Geiste den freien Ausblick wehrt und doch nicht behaupten lässt, dass es Nacht sei. Luk. folgert dagegen: „Wenn wir kein Kriterium der Wahrheit haben, somit des Erringens und Besitzens der Wahrheit durch die Philosophie nie sicher werden, was sollen wir diesen eitlen Traum, in welchem wir tausend Wunderdinge sehen (πολλὰ καὶ θαυμαστὰ ὀνειροπολοῦντα, c. 71), aber keine Wirklichkeit erreichen, weiter träumen? Entsagen wir den unerreichbaren Zielen der Philosophie und beschäftigen wir uns als thätige Glieder der Gesellschaft mit dem Notwendigen!“ (c. 72 und 84.) In dem Freisein von diesem, wenn auch süssen Traume (ὀνείρῳ ἡδεῖ μὲν ἴσως ἀτὰρ ὀνείρῳ γε c. 72), in der geistigen Unbeirrtheit durch die unerfüllbaren Hoffnungen der Philosophie erblickt Luk. eine der Stufen, welche zur Gemütsruhe und durch diese zur Glückseligkeit führen.[2]) ῎Ανετα πάντα καὶ ἐλεύθερα (c. 86) ist sein Grundsatz gegenüber dem Harm und bangen Hoffen der Philosophen.

So hat auch Luk. im „Hermot.“ das Fundament seiner Philosophie, die Erkenntnistheorie, und einzelne Andeutungen über seine Ethik niedergelegt, die sich aus andern Schriften ergänzen und bestätigen lassen. Die Ueberzeugung, dass das Studium der Philosophie zu keinem Ziele führe und die ganze bisherige Philosophie keine positiven Resultate nachweisen könne, es somit das Beste sei sich dieses fruchtlosen Studiums zu enthalten — das ist die bittere Befriedigung seiner Sehnsucht, das traurige Ergebnis seines philosophischen Strebens. Luk. entsagt der Philosophie aus Philosophie.

---

[1]) Die „äussere Unabhängigkeit“ greift in das Gebiet anderer Schriften hinüber, weswegen ich diesen Theil hier nicht weiter ausführe.

[2]) Dieses rücksichtslose Vorwärtsschreiten in seiner Ueberzeugung bis zur äussersten, wenn auch erschreckenden Consequenz, diese Abwehr alles dessen, was die geistige Klarheit und Freiheit trüben und beschränken könnte, kurz diese Reinhaltung des Geistes ist es auch, was unsern Schriftsteller die Absurditäten des Volksglaubens theils mit lachendem Spotte, theils mit tiefer Entrüstung von sich abschütteln lässt, was endlich den Verkünder seiner Ueberzeugung zum Kampfe treibt gegen alle Scheinphilosphen, eitel prahlenden Rhetoren und religiösen Betrüger.

Wir können dieses Resultat bedauern, wir können diese Lehre
als einen entschiedenen Irrtum verwerfen, aber dass sie aus dem
Skepticismus folgerichtig abgeleitet und logisch begründet ist, dürfen
wir nicht in Abrede stellen. Wer darüber den Stab bricht, muss
zuerst den Skepticismus verurtheilen, ein System, mit dem die grie-
chische Philosophie abschliesst und die neuere anfängt.

Dem, was Du Soul zu c. 78 über die ethische Wirkung der
Philosophie sagt, stimmen wir mit Fritsche (a. a. O. S. XVII.)
gern bei. Es kann kein Vorwurf gegen Luk. sein, der (δραπέται
c. 5—11) den formellen und culturellen Einfluss der Philosophie
vollauf anerkennt. Allein hier handelt Luk. nicht von den formellen,
sondern von den positiven Resultaten der Philosophie, von denen
seine Zeitgenossen schaarenweise ihr Glück erwarteten. [1]) Ueber
diese Resultate aber brauchen wir keinen Satiriker zu fragen, gibt
es doch selbst in unsern Tagen philosophisch gebildete Männer,
welche über die Silberbarren, die seit 2400 Jahren von den her-
vorragendsten Geistern aus dem Schachte der speculativen Philosophie zu Tage gefördert wurden, nicht sonderlich erbaut sind.

An dieser Ansicht von den positiven Erfolgen der Philosophie
hielt Luk. sein Leben lang fest. Abgesehen von den zahlreichen
Stellen in seinen Schriften, welche diese Ueberzeugung entweder
trocken aussprechen, oder deutlich erkennen lassen [2]), bethätigte er

---

[1]) Gleichwol verkennen wir den Widerspruch nicht, der in der Aner-
kennung der ethischen Wirkung der Philosophie und in dem allgemeinen Rate,
derselben gänzlich zu entsagen, liegt. Aber er findet in den Erfahrungen Lukians seine Erklärung. Dieser war sich gut bewusst, welch läuternden und be-
reichernden Einfluss das Studium der Philosophie, besonders der platonischen
Schriften auf seine formelle Geistesbildung genommen hatte, aber das, was er
in der Philosophie gesucht, den innern Frieden, vermochte er so wenig als
Hermot. zu finden. Er gelangte daher zu dem Schlusse, dass das Studium der
Philosophie, wie das Studium und die Ausübung der Musik zwar eine geist-
bildende Kraft besitze, aber die von ihr in Aussicht gestellten Ziele unrealisir-
bare Träume seien. So ist es auch erklärlich, dass er die Existenz wahrer
Philosophen, d. i. ὡς ἀληθῶς φιλοσοφίαν ζηλούντων (ἀλ. c. 37.) an
vielen Stellen seiner Werke anerkennt und doch in seinem hohen Alter (ἀπολ.
c. 15) erklärt, keinem echten Weisen (τὴν τοῦ σοφοῦ ὑπόσχεσιν ἀποπλη-
ροῦντι) je begegnet zu sein. Kurz er anerkennt das Streben an sich und um
der formellen Erfolge willen, läugnet aber alles das, was die Scheinphilosophen
leisten zu können vorgaben, und warnt mit innigster Ueberzeugung alle Leute
vom Schlage des Hermot. vor dieser Falle.

[2]) Vgl. Μένιππος c. 4. — Ἰκαρομ. cc. 5, 6, 9 und bes. 10. — Περὶ
παρασίτου c. 27 u. 28.

dieselbe durch das ganze folgende Leben. Nachdem er, beiläufig 39 Jahre alt, nur mehr der Philosophie zu leben gelobt hatte (*äl.* c. 29), entsagte er bald nach dem 40. Jahre allem philosophischen Studium, erhob sich als der heftigste Gegner aller gleichzeitigen Philosophen und führte diesen Kampf bis in sein hohes Alter fort. So richtig es uns zu sein scheint, dass „Hermot." der Ausgangspunkt dieses Kampfes gewesen, so schmälert dies doch nichts an der Annahme, dass diese Schrift ein Werk der Ueberzeugung, keine blosse Satire ist; denn satirisch ist an ihr nichts, als der kleine den Lehrer des Hermot. betreffende Theil. Und wenn die Philosophen dieselbe als einen in ihr Gebiet geworfenen Sper betrachteten, so thaten sie, weil alle getroffen, nur vereint, was eine einzelne Schule gegen eine ihr System bekämpfende Schrift gethan hätte. [1]) In der That ist Lukians Lehre nichts anderes, als die consequente Weiterbildung des Skepticismus nach der einen Seite, während nach der anderen der Eklekticismus auslief. Wer aber in „Hermot." nicht den Ausdruck der innersten Ueberzeugung und kein anderes Motiv, als den Drang zu spotten und zu satirisiren sieht, der nimmt diesem Kampfe die Würde und macht unsern Autor zum oberflächlichen Spötter, während gerade diese Ueberzeugung die Esse ist, in welcher Lukians Satire immer wieder ihre Pfeile stählte. [2]) Es scheint uns

---

[1]) Diesen Angriff erwiderte Luk. allerdings nicht mit einer neuen Vertheidigung seiner Lehre, sondern wehrte sich von nun an mit der Waffe der Satire, die ihm so spitz und scharf wie Wenigen zu Gebote stand.

[2]) Die Ansicht, dass „Hermot." eine Satire sei, ist ziemlich allgemein. Wenn etwas geeignet wäre, mich in meiner Auffassung wankend zu machen, so wäre dies der Umstand, Fr. **Fritzsche** (a. a. O. S. XIV—XVII), den um Luk. verdientesten Gelehrten, in der Reihe derjenigen zu finden, welche diese Schrift als eine Satire betrachten. — Einen etwas starken Ausdruck verleiht dieser Meinung W. **Chlebus** (*de Luciano philosopho*), wenn er Seite 40 sagt, *Lucianum de contemnendis philosophorum studiis suo etiam nomine disputavisse in Hermotimo.* — Inconsequent wird G. **Wetzlar**, der mit Berufung auf „Hermot." a. a. O. S. 51 sagt: *Lucianus omnium systematum sectarumque philosophicarum inimicus exstitit,* u. weiter folgert: *quam ob rem a Scepticismo non abhorruisse videtur.* Aber den Skepticismus müssen wir wenigstens nach der scharfsinnigen Entwicklung desselben durch Karneades doch auch als ein System gelten lassen, wenngleich die jüngeren Skeptiker ihre Philosophie nicht als αἵρεσις, sondern nur als ἀγωγή bezeichneten. — Milder urtheilt **Du Soul** (zu c. 78): *Neque ea Luciani mens, ut homines a sapientiae studio retraheret, sed ut a futilibus Logicorum tricis atque captionibus aliisque philosophiae sui temporis vitiis ad vitam recte atque honeste instituendam revocaret.*

ferner bedenklich anzunehmen, dass Luk. diese Schrift mit Einsetzung seiner ganzen rhetorischen und stilistischen Kunst, mit dem Aufwande seines ganzen Fleisses [1]) bearbeitet habe, ohne dass er von der Richtigkeit der vorgebrachten Beweise überzeugt, von der Wahrheit der Lehre durchdrungen war. Noch viel bedenklicher aber dünkt es uns, den „Hermot." als eine Satire gegen die ganze Philosophie zu bezeichnen und dabei den Verfasser desselben im Garten Epikurs lustwandeln oder überhaupt einer bestimmten Secte folgen zu lassen. Diese Inconsequenz Lukians fände allerdings eine Erklärung, wenn der feste Nachweis erbracht würde, dass die Schrift eine Umarbeitung oder wenigstens der Auszug der Satire eines Andern, also mehr ein äusseres Machwerk, als der Ansfluss der inneren Ueberzeugung sei. Aber Fritzsche's geistreich angelegte Beweisführung beruht auf einer allzu hypothetischen Grundlage, als dass wir sie für gelungen betrachten könnten. Dieser Widerspruch jedoch verschwindet, wenn man bedenkt, dass die im „Hermot." vorgetragene Lehre mit allen ausser der skeptischen Schule nichts gemein hat und den Skepticismus, aus dem sie hervorgegangen, selber überwindet und über ihn hinausgeht. Denn die Skeptiker alle lehrten wie Luk. die Unmög-lichkeit der Wahrheitserkenntnis, deducirten aber aus dieser Lehre doch ein Resultat, und zwar die Pyrrhoneer die Ataraxie, die neuern Akademiker gewisse auf der Wahrscheinlichkeit beruhende Verhal-tungsmassregeln. Luk. dagegen sagt: Ich läugne die ethische Wirkung des philosophischen Studiums nicht, aber die Philosophie an sich gibt gar kein materielles Resultat, und wir dürfen, weil die Erkenntnis der Wahrheit für uns unmöglich ist, von ihr keines verlangen, keines folgern. [2]) Getreu dieser Ueberzeugung konnte er in dem bald nachfolgenden Kampfe

---

[1]) Wie allseitig anerkannt wird. Vgl. Wieland, Uebers. 5. S. 5. — Planck, *quaest. Luc.* S. 19 nennt diese Schrift ein *opus diligentissime elaboratum.* — Fritzsche sagt S. XIII.: *Denique mirari licet sermonis puritatem, atticismi veneres omnisque artem compositionis, ut dialogum dicere audeas in suo genere prope perfectum,* und S. XIV: *ne verbum quidem scripsisse videtur nisi post lentam meditationem.* — Remacly a. a. O. S. 1.

[2]) So ist das, was Luk. in andern Schriften von dem veredelnden Ein-flusse der Philosophie sagt, ferner Ἑρμότ. c. 62: μή με νομίσῃς βλασφη-μεῖν περὶ φιλοσοφίας und endlich c. 52: καὶ ποῦ τοῦτο (ὡς οὐ φιλο-σοφητέον ἡμῖν) ἤκουσας ἐμοῦ λέγοντος; ἐγὼ γὰρ οὐχ ὡς οὐ φιλοσο-φητέον φημί vereinbar mit der aus „Hermot." resultironden Lehre.

die Skeptiker ebenso wie übrigen Philosophen behandeln, [1] denn das Fundament seiner Philosophie lag ausserhalb jeder Schule.

Es sei hier noch kurz die Frage von den Quellen berührt, aus welchen Luk. seinen „Hermot." geschöpft. Die Lösung dieser Frage dürfte, wenn man die Quelle ausserhalb des lukianischen Geistes sucht, für den grössten Theil der Schrift kaum je gelingen. Ich aber halte mich, zur Lösung dieser Frage etwas beizutragen, um so weniger geeignet, als ich der entschiedenen Ansicht bin, Lukians philosophisches Wissen werde in der Regel unterschätzt, und er habe, wie in der platonischen, stoischen und epikureischen Philosophie, ebenso gründliche Kenntnisse in der skeptischen Lehre besessen. Aus diesen Kenntnissen, welche er zum Theil aus dem Umgange mit Skeptikern [2], noch mehr aber aus ihren Schriften gewonnen hat, formirte sich seine Ueberzeugung, und aus dieser quoll „Hermotimos" — nicht aber als Excerpt aus einem bestimmten Werke.

F. Fritzsche (II. 2. S. XVIII. ff.) ist mittelst seiner seltenen Belesenheit und Gelehrsamkeit zu Combinationen und Behauptungen gelangt, welche vor dem Forum einer strengen Prüfung schwerlich zu halten sein dürften. Ich masse mich nicht an, seine Beweise, dass Luk. in „Hermot." durchgehends von den Skeptikern abhänge und eine Satire des Menippus von Gadara $\pi\varepsilon\varrho\grave{\iota}$ $\alpha\grave{\iota}\varrho\acute{\varepsilon}\sigma\varepsilon\omega\nu$ ausgebeutet habe, widerlegen zu wollen, sondern begnüge mich, meine allerdings durch Fritzsche's Prolegomena angeregten Wahrnehmungen darzulegen.

Luk. ist gerade dort, wo der Schwerpunkt des Skepticismus liegt, kein Skeptiker. Die Grundprincipien seiner Erkenntnistheorie stehen denen der Skeptiker wesentlich nicht näher, als die des Stoicismus. Denn während Pyrrho und sein Schüler Timon von Phlius behaupten, dass weder die Sinne noch die Vernunft, noch beide zusammen eine Erkenntnis vermitteln können, Arkesilaos in seinem Kampfe gegen den stoischen Dogmatismus sich auf derselben

---

[1] Vgl. $\beta\acute{\iota}\omega\nu$ $\pi\varrho\tilde{\alpha}\sigma\iota\varsigma$ c. 27. $M\acute{\varepsilon}\nu\iota\pi\pi\sigma\varsigma$ c. 4. $\overset{\text{'}}{I}\varkappa\alpha\varrho\sigma\mu.$ c. 5 und die Verspottung des Favorinus in $\varDelta\eta\mu\tilde{\omega}\nu\alpha\xi$ c. 12 u. 13.

[2] Ein solcher ist wenigstens nicht ausgeschlossen, wenn man bedenkt, dass die jüngere Skepsis bei aller Zurücksetzung, welche sie sich gegen die übrigen Schulen gefallen lassen musste, seit Ainesidemos, der in die erste Hälfte des ersten Jahrhunderts fällt, durch Agrippa, des Ainesidemos fünften Nachfolger, Favorinus, welchen Luk. ($\varepsilon\grave{\upsilon}\nu o\tilde{\upsilon}\chi o\varsigma$ c. 7) als $\grave{o}\lambda\acute{\iota}\gamma o\nu$ $\pi\varrho\acute{o}$ $\acute{\eta}\mu\tilde{\omega}\nu$ $\varepsilon\grave{\upsilon}\delta o\varkappa\iota\mu\acute{\eta}\sigma\alpha\nu\tau\alpha$ bezeichnet, u. A. bis auf Sextus Emp. (geb. beiläufig 50 Jahre nach Luk.) sich forterhalten hat.

Grundlage bewegt, Karneades ebenfalls die Wahrheit aller Vorstellungen, der sinnlichen wie begrifflichen, läugnet und Ainesidemos in zehn, Agrippa in fünf Tropen dieselbe Behauptung begründend ausführt, hält Luk. Alles für wahr, was er wirklich sieht und hört und was sein Geist erfasst. Die Zustimmung des Geistes und das Bewusstsein richtiger Erfassung ($\mathring{o}\varrho\vartheta\mathring{o}\varsigma\,\lambda\acute{o}\gamma o\varsigma$) sind ihm Beweis und Kriterium für die Wahrheit der sinnlichen und abstracten Vorstellung. Nennen wir dies bewusste Abhängigkeit vom Stoicismus oder ein angenommenes praktisches Postulat oder endlich die Praxis des Laien — immerhin müssen wir anerkennen, dass Luk. seine bewusste oder zufällige Uebereinstimmung mit dem Stoicismus auf diesen Punkt beschränkte, denselben aber consequenter festhielt als die Stoiker selbst. Denn er nimmt eben nur jene Wahrnehmungen und Vorstellungen für wahr, welche sich ihm mit überzeugender Kraft aufdrängen, lehnt aber Alles als Trug ab, was er nicht schauen oder hören oder mit dem Geiste erfassen kann. Diese Haltung drängte ihn in religiöser Beziehung, besonders in consequenter Auffassung der Mantik, der Vorsehung und des Verhängnisses in den Kreis der Epikureer hinüber, von denen er jedoch wieder in der Anschauung über das Wesen der Götter (Gottheit) weit abweicht.

So sicher es ist, das Luk. mit der skeptischen Lehre von der formalen Möglichkeit des Wissens nichts gemein hat [1], so wenig darf bezweifelt werden, dass er in der Bekämpfung der materiellen Resultate der Philosophie auf dem Boden der Skeptiker steht und die Negation über die ganze Philosophie erstreckt, die Karneades zumeist nur gegen die Stoiker angewandt hatte. Aus allen Theilen und Beweisen des „Hermot." tönt wie Refrain der $\pi\varrho\tilde{\omega}\tau o\varsigma\,\varkappa\alpha\grave{\iota}\,\varkappa o\iota\nu\grave{o}\varsigma$ $\pi\varrho\grave{o}\varsigma\,\pi\acute{\alpha}\nu\tau\alpha\varsigma\,\lambda\acute{o}\gamma o\varsigma$ des Karneades (Sext. $\pi\varrho\grave{o}\varsigma\,\lambda o\gamma\iota\varkappa o\grave{\iota}\varsigma$ I. 159): $o\mathring{v}\delta\acute{e}\nu\,\mathring{e}\sigma\tau\iota\nu\,\mathring{\alpha}\pi\lambda\tilde{\omega}\varsigma\,\mathring{\alpha}\lambda\eta\vartheta\varepsilon\acute{\iota}\alpha\varsigma\,\varkappa\varrho\iota\tau\acute{\eta}\varrho\iota o\nu$ zurück, freilich ohne die auf die formale Erkenntnis angewandte Begründung des Karneades. Unzweifelhaft scheint es uns, dass Luk. die fünf Tropen Agrippas (Sext. $\Pi\upsilon\varrho\varrho$. I. 164—169) gekannt und durch Anwendung auf die Beweisbarkeit der philosophischen Wahrheit seinem Zwecke gemäss benützt habe. Den ersten Tropos, $\tau\grave{o}\nu\,\mathring{\alpha}\pi\grave{o}\,\tau\tilde{\eta}\varsigma\,\delta\iota\alpha\varphi\omega\nu\acute{\iota}\alpha\varsigma$, wendet Luk. in cc. 14, 25, 26, 36 u. a. auf die divergirenden Lehren der philosophischen Schulen an. [2] Den zweiten Tropos, $\tau\grave{o}\nu\,\varepsilon\grave{\iota}\varsigma$

---

[1] Dass er sie aber genau kennt, ergibt sich aus $\beta\acute{\iota}\omega\nu\,\pi\varrho$. c. 27.

[2] Derselbe Angriff gegen die Philosophie kehrt in anderen Schriften, z. B. in $\mathring{\varrho}\eta\tau\acute{o}\varrho\omega\nu\,\delta\iota\delta\acute{\alpha}\sigma\varkappa.$, $M\acute{e}\nu\iota\pi\pi o\varsigma$, $\mathring{}I\varkappa\alpha\varrho o\mu\acute{e}\nu$. öfter wieder.

ἄπειρον ἐκβάλλοντα, welcher sagt, dass jeder Beweisgrund durch einen andern, dieser durch einen dritten und sofort ins Endlose gestützt werden müsse, hat Luk. c. 70 bezüglich der ganzen Philosophie auf Personen (Gewährsmänner) übertragen. Den vierten, τὸν ὑποϑετικόν, benützt er c. 73—75, um zu zeigen, wie auf einer unrichtigen, aber zugegebenen Behauptung ein falsches System erstehe. Den dritten und fünften Tropos, weil nur auf die Principien der Erkenntnis anwendbar, lässt er unbenützt.

Ausserdem erinnert c. 85 sehr an Sextus πρὸς λογ. I. 159. — Wie Karneades in der Bestreitung der positiven Erfolge des Stoicismus gegen die von diesem angezogene Allgemeinheit des Götterglaubens sagt, die unwissende Menge dürfe dies nicht entscheiden (*Cic. de nat. Deorum* I. 23, 62 ff), so verwirft c. 17 auch Luk. das Urtheil der ἰδιῶται gegen den Hinweis des Hermot. auf τοὺς πλείστους ἐπ᾽ αὐτὴν ὁρμῶντας. Doch glauben wir nicht, dass Luk. es nötig hatte, diesen naheliegenden und wol auch vielgebrauchten Einwurf in Karneades zu suchen. — Wie sich Karneades [1]) dagegen sträubt, dass wenigstens das gewiss sein müsse, dass es kein Wissen gebe, so bezieht auch Luk. c. 53 E. seine Behauptungen in die allgemeine Ungewissheit ein.

Ist es schon nach unserer bisherigen Vergleichung, die auf Vollständigkeit allerdings keinen Anspruch macht, unläugbar, dass sich Luk. bei der Abfassung des „Hermot." einzelne Argumente, ja selbst einzelne Vergleiche und Ausdrücke aus der Vorratskammer der Skeptiker geholt hat, so vermögen wir daraus doch nicht die Folgerung zu ziehen, dass er alles dies einem bestimmten Werke entnommen habe. Indem wir uns endlich den von Fritzsche (S. XVIII—XXI) angezogenen Stellen zuwenden, bemerken wir zu c. 55, dass die Grundsätze der Deduction und Induction seit Aristoteles (Anal. pri. I. und II.) philosophisches Gemeingut sind, welches sich Luk., wenn nicht früher, während der Zeit seines philosophischen Studiums erworben, aber keinesfalls, wie auch Fritzsche zugibt, nur von den Skeptikern überkommen haben kann. Die Ausdrücke διαγνωστικὸς und διακριτικὸς in c. 69 kommen vor Luk. weder zuerst noch ausschliesslich bei den Skeptikern vor. Das Hauptgewicht aber legt Fritzsche auf die Aehnlichkeit zwischen „Hermot."

---

[1]) Cic. Acad. II. 9, 28: *Qui enim negaret quicquam esse quod perciperetur, eum nihil excipere.*

c. 74—75 einerseits und Sextus πρὸς γεομ. (μαϑημ. 3,) 10 andererseits. Wir bemerken dagegen, dass der Inhalt der cc. 73 und 74 nichts anderes ist, als die Ausführung des vierten Tropos Agrippa's, dass von einer wörtlichen Uebereinstimmung der zwei verglichenen Stellen keine Rede sein kann, und dass das einzige gemeinsame, der Arithmetik entnommene Beispiel in sich selber die Widerlegung der einheitlichen Quelle trägt. Der Einfall, durch ein recht anschauliches und darum arithmetisches Beispiel zu zeigen, wie sich ein ganz falsches System logisch entwickeln könne, wenn der erste Satz ungeprüft zugegeben werde, ist gewiss ebenso skeptisch, wie die von Luk. an derselben Stelle (vgl. Cic. Acad., II, 36, 116) den Mathematikern gemachte Einwendung wegen des Punktes ohne Ausdehnung und der Linie ohne Breite. Aber dass Jeder von Beiden das Beispiel anders construirt, dass der Eine sagt: τὰ δὶς πέντε ἑπτά, der Andere: τὰ τρία τέσσαρα εἶναι ist gewiss kein Beweis, dass beide (wenn auch Luk. nur unmittelbar) aus derselben Quelle schöpfen. Mit der Anwendung dieses arithmetischen Beispiels ist die Folgerungsformel (συνάξει, ὅτι) nahe liegend, ja geboten. Für einen ähnlichen, von den Skeptikern vielgebrauchten Ausdruck halten wir auch σαϑροῖς ἐπιϑεμελίοις. Ja über die bei Sext. und Luk. gemeinsame Anwendung desselben dürfen wir uns um so weniger wundern, da ihn Sext. mit ὡς φασὶ geradezu als einen sprichwörtlichen bezeichnet.

Aus Allem dem und mit Rücksicht auf βίων πρᾶσις c. 27 glauben wir folgern zu dürfen, dass Luk. das skeptische System und wenigstens die jüngern Schriften über dasselbe genau gekannt hat und mit den technischen Ausdrücken und Beweismitteln der Schule vertraut gewesen ist. Diese Kenntnis des Skepticismus benützte er, um seiner betrübenden Ueberzeugung von der Unfruchtbarkeit der Philosophie in „Hermot." Ausdruck zu geben.

VI. Abfassungszeit der Schrift.

Der Versuch, Lukians Geburtsjahr festzustellen, ist bisher, so oft er auch unternommen wurde, gescheitert [1]) und dürfte kaum je

---

[1]) Am weitesten von einander ab stehen die Ansätze Wielands auf das J. 117 u. Dodwells auf das J. 135. In der Regel wird, wol nur als runde Zahl, das J. 120 n. Chr. angenommen. Jedenfalls steht es dem J. 120 näher als dem J. 130.

mit Bestimmtheit gelingen. Doch hat uns Luk. selber aus seinem
Leben einige wichtige Ereignisse mitgetheilt, die wie Meilenzeiger
aus seinem Lebenspfade emporragen und für eine kürzere oder
längere Strecke Weisung geben. Ein solcher Wegweiser ist auch
die Angabe in c. 13 des „Hermot“. Wenn nun Luk. an dieser Stelle
sagt, dass er zur Zeit dieser Scene, d. i. zur Zeit der Abfassung
dieses Dialogs ein Vierziger sei (τετταϱαϰοντούτης σχεδόν [1]), so
dürfte jede weitere Untersuchung über die Abfassungszeit dieser
Schrift überflüssig erscheinen. Diese Ansicht haben allerdings auch
wir, ja auf die Wahrheit dieser Aeusserung glauben wir uns um so mehr
verlassen zu dürfen, als der ganze „Hermot.“ nur die Begründung
dessen ist, wessen Luk. in ἁλιεῖς von den Auferstandenen und in
δὶς ϰατηγ. vom Dialogos angeklagt wird und er selber geständig ist,
und die Zeitangaben (vgl. δὶς ϰατηγ. c. 32 und ἀλ. c. 30) [2] nahezu
übereinstimmen. Gleichwol hat Remacly a. a. O. S. 13 ff.) behaup-
tet und zu beweisen versucht, die Angabe des c. 13 sei eine Fiction
und Luk. habe den „Hermot.“ eher als Fünfziger, denn als Vierziger geschrieben. Diese Behauptung ist aber so weittragend, dass
wenn sie mit haltbaren Gründen gestützt werden könnte, dadurch
nicht blos die bisherigen biographischen Daten über unsern Schriftsteller, sowie die chronologischen Ansätze mehrerer Schriften aus
seiner zweiten Lebenshälfte umgestossen, sondern auch die Glaub-
würdigkeit aller historischen Angaben, welche dieser Autor selbst
über sein Leben macht, tief erschüttert würde. Bei der principiellen
Wichtigkeit der von Remacly aufgeworfenen Behauptung nimmt es uns
Wunder, dass dieselbe von den uns bekannten Erklärern Lukians
nicht beachtet wurde; jedenfalls darf sie bei der speciellen Behandlung des „Hermot.“ nicht ignorirt werden.

Im Allgemeinen müssen Angaben, die ein Autor in bestimmter
Form über sein eigenes Leben macht, in so lange respectirt werden,

---

[1] Es ist beachtenswert, dass Luk. die sein Leben betreffenden Zeitangaben regelmässig durch den Beisatz von σχεδόν als beiläufige bezeichnet.
So Ἑϱμότ. c. 2: σχεδὸν εἴϰοσιν ἔτη, c. 13: τετταϱαϰοντούτης σχεδόν,
c. 24: πϱὸ πεντεϰαίδεϰα σχεδὸν ἐτῶν. Ferner: δὶς ϰατεγ. c. 32: ἀνδϱὶ
ἤδη τετταϱάϰοντα ἔτη σχεδόν γεγονότι. Zur etwaigen Vergleichung der
Bedeutung von σχεδὸν bei Luk. verweisen wir ausser den angeführten Stellen noch auf νεϰϱ. διάλ. 9 c. 4. ἑταιϱ. διάλ. 11, c. 2 u. 12, c. 3.

[2] Die Zeit, welche Luk. nach dem Verlassen der rhetorischen Laufbahn
vorherrschend dem Studium der Philosophie widmete, möchte ich auf beiläufig
zwei Jahre erstrecken entgegen meiner früheren Vermutung in Lukians „Nigrinus“ 1863.

als nicht der Grund der Irreleitung nachgewiesen und die Unrichtig-
keit durch unwiderlegliche Beweise festgestellt ist. Auf diesem Grundsatze müssen wir bei Luk. um so strenger beharren, als uns ausser
seinen eigenen in dieser Beziehung äusserst kargen Mittheilungen
alle verlässlichen Nachrichten fehlen.

Den Anlass zu seiner Deduction nimmt Remacly aus c. 2, wo
Luk. zu Hermotimos sagt: σχεδὸν εἴκοσιν ἔτη ταῦτά ἐστιν, ἀφ' οὗ
σε οὐδὲν ἄλλο ποιοῦντα ἑώρακα ἢ παρὰ τοὺς διδασκάλους φοιτῶντα,
und erklärt: „Nach dieser Aeusserung müsste Luk. selber zwanzig
Jahre ununterbrochen in derselben Stadt (Athen) sich befunden haben,
was aber bei Luk. nicht wahr ist. Wenn also diese Angabe unwahr
ist, so darf man dasselbe auch von den übrigen Angaben annehmen
oder ihre Wahrheit wenigstens bezweifeln." Da der Folgerung hiemit
eine so breite Basis geebnet wird, so thut es Not, um mit Luk. zu
reden, ἐπὶ τῇ εἰσόδῳ καὶ κατὰ τὴν ἀρχὴν εὐθὺς σκέψασθαι, εἴπερ
εἰσιτητέον, damit wir nicht ein τὰ δὶς πέντε ἑπτὰ εἶναι zugeben.

Setzen wir vorläufig voraus, das σχεδὸν εἴκοσιν ἔτη ἑώρακα
sei eine Fiction, so darf daraus noch nicht gefolgert werden, dass
auch alle übrigen Zeitangaben falsch seien. Denn ein solcher Zusatz
kann einen rein formellen Zweck haben und daher fingirt sein,
während alle andern Angaben doch der Wahrheit entsprechen können.
Hier läge der Grund der Fiction, wenn die Angabe eine solche
wäre, auf der Hand. Einerseits soll die lange Bekanntschaft die
Offenheit motiviren, mit der die beiden Personen sich einander nähern
und ihre innerste Ueberzeugung mittheilen, andererseits soll gerade
durch die langen Jahre, welche Hermot. vergeblich auf das Studium
der Philosophie verwendet hatte, die Unfruchtbarkeit dieses Studiums
u. z. an dem Vertheidiger der Philosophie selbst illustrirt werden.
Allein das σχεδὸν εἴκοσιν ἔτη ἑώρακα ist keine Fiction. Nach Remacly's Annahme müsste es doch auffallen, dass Luk. die bestimmte
Zahl εἴκοσι wählt, da der Zweck der Fiction ja auch mit πολλὰ
ἔτη erreicht würde. Ferner thut Remacly der Bedeutung von ἑώρακα
geradezu Gewalt an. Wenn Einer bei seiner Abreise nach Amerika
in Bremen einen Bekannten mit Büchern und Heften beladen zur
Schule laufen sieht, nach zehn Jahren Bremen wieder besucht und
den Bekannten wieder denselben Weg gehen sieht, und endlich nach
wieder zehn Jahren ein drittesmal nach Bremen kömmt und den
Bekannten noch immer mit seinen Heften durch die Strassen laufen
sieht, so darf er nach griechischem wie deutschem Sprachgebrauche

sagen: „Seit zwanzig Jahren sehe ich Dich immer nur in die Schule laufen", ohne dass desswegen Jemand glauben müsste, Jener sei durch diese zwanzig Jahre über Bremen nicht hinausgekommen. Setzen wir für den modernen Auswanderer den nach Italien und Gallien reisenden Lukian, so haben wir den congruenten Fall. Denn dass Luk. während seines Aufenthaltes in Gallien wenigstens einmal nach Griechenland gekommen, somit den Hermot. wenigstens dreimal, d. i. bei der Abreise, bei dem kurzen Besuche und bei der Rückkehr gesehen haben kann, ergibt sich, wenn es nicht schon an sich wahrscheinlich wäre, aus $\Pi\varepsilon\varrho\varepsilon\gamma\varrho$. c. 35. (Vgl. Struve, *de Luciani aetate et vita. Specim.* I. S. 3 und Wetzlar a. a. O. S. 9 ff. und 44.) — Ferner baut Remacly seine Beweise auf einer Voraussetzung auf, die der Wirklichkeit nicht entsprechen dürfte. Er nimmt nämlich an, dass durch $\tau\varepsilon\tau\alpha\varrho\alpha\varkappa\sigma\nu\tau\sigma\acute{\nu}\tau\eta\varsigma$ $\sigma\chi\varepsilon\delta\grave{\sigma}\nu$ ($'E\varrho\mu\acute{\sigma}\tau.$ c. 13) und $\tau\varepsilon\iota\alpha\varrho\acute{\alpha}\varkappa\sigma\nu\tau\alpha$ $\check{\varepsilon}\tau\eta$ $\sigma\chi\varepsilon\delta\grave{\sigma}\nu$ $\gamma\varepsilon\gamma\sigma\nu\grave{\omega}\varsigma$ ($\delta\grave{\iota}\varsigma$ $\varkappa\alpha\tau\eta\gamma$. c. 32) nur Ein Jahr, u. z. eben das vierzigste bezeichnet werden könne, dass somit das Aufgeben des Sophistenberufes, das Studium der Philosophie, die Zeit der Unentschiedenheit nach erkannter Täuschung und endlich die Abfassung des Hermotimos in dieses eine Jahr fallen. Dieses einzige Jahr ist freilich viel zu eng, um alle diese, das äussere und innere Leben unseres Autors umgestaltenden Vorgänge zu umspannen, zumal wenn Luk., wie Remacly anzunehmen scheint, ohne Vorkenntnisse an das Studium der Philosophie herangetreten ist. Doch brauchen wir zur Lösung dieser Schwierigkeit nicht den einen der zwei gleichbedeutenden Ausdrücke als falsch zu erklären. Denn wenn wir das $\tau\varepsilon\tau\alpha\varrho\alpha\varkappa\sigma\nu\tau\sigma\acute{\nu}\tau\eta\varsigma$ nicht im engsten und allerstrengsten Sinne nehmen, so kann derjenige, welcher das 39. Jahr überschritten, wie derjenige, welcher nicht ganz 41 Jahre alt ist, sich einen $\tau\varepsilon\tau\tau\alpha\varrho\alpha\varkappa\sigma\nu\tau\sigma\acute{\nu}\tau\eta\varsigma$ nennen; und doch liegen fast zwei volle Jahre dazwischen. Ausserdem haben beide Ausdrücke den Zusatz $\sigma\chi\varepsilon\delta\grave{\sigma}\nu$ und gestatten somit eine noch weitere Ausdehnung dieses Zeitraumes nach beiden Seiten. Nun liegt es doch näher, innerhalb des Sprachgebrauches die zwei Grenzen umso weiter auseinander zu schieben, je grösser die Periode ist, welche Luk. zur Erwerbung und Befestigung der in „Hermot." zu Tage tretenden Kenntnisse und Lebensgrundsätze nötig hatte, als eine dieser Schranken niederzureissen. Wenn wir annehmen, Luk. habe bald nach dem vollendeten 39. Jahre die Sophistenlaufbahn verlassen und am Ende des 40. oder zu Anfang des 41. Jahres den „Hermot." geschrieben, so glauben wir einerseits nicht gegen

den Sprachgebrauch zu verstossen und andererseits haben wir die
Zeit für seine philosophischen Studien bis zum „Hermot.", dem Beginne des Kampfes, gefunden. Hiemit entfallen zwei der von Remacly S. 14 angeführten Beweisgründe um so sicherer, als der gewesene Rhetor und Sophist, wie wir früher (S. 2 f.) bemerkt haben,
gewiss nicht ohne philosophische Kenntnisse bei der Akademie sich
gemeldet hat, und wären es auch nur jene, deren Erlernung Luk.
c. 56 selbst als $\dot{\varrho}\dot{\alpha}\delta\iota o\nu\ \varkappa\alpha\grave{\iota}\ \ddot{\varepsilon}\varrho\gamma o\nu\ o\dot{\upsilon}\delta\grave{\varepsilon}\nu$ erklärt.

Wichtiger als die bisherigen Beweise Remacly's scheint für
die Zeitbestimmung dieses Dialogs der Ausspruch des Hermot. in
c. 51: $\mathcal{A}\lambda\lambda$' $\dot{\upsilon}\beta\varrho\iota\sigma\tau\grave{\eta}\varsigma\ \dot{\alpha}\varepsilon\grave{\iota}\ \sigma\acute{\upsilon},\ \varkappa\alpha\grave{\iota}\ o\dot{\upsilon}\varkappa\ o\tilde{\iota}\delta$' $\ddot{o}\ \tau\iota\ \pi\alpha\vartheta\grave{\omega}\nu\ \mu\iota\sigma\varepsilon\tilde{\iota}\varsigma\ \varphi\iota\lambda o$-
$\sigma o\varphi\acute{\iota}\alpha\nu\ \varkappa\alpha\grave{\iota}\ \tau o\grave{\iota}\varsigma\ \varphi\iota\lambda o\sigma o\varphi o\tilde{\upsilon}\nu\tau\alpha\varsigma\ \dot{\alpha}\pi o\sigma\varkappa\acute{\omega}\pi\tau\varepsilon\iota\varsigma$. Daraus wird gefolgert,
dass Luk. zur Zeit, als er den „Hermot." schrieb, schon im Rufe
des Philosophenspötters gestanden und somit mehrere gegen die Philosophen polemisirende Schriften veröffentlicht haben müsse. Allerdings hatte Luk. schon während der philosophischen Lehrzeit den
Pulsschlag seiner satirischen Ader nicht gehemmt, wie die dem
„Hermot." vorausgehenden philosophischen Schriften $N\iota\gamma\varrho\tilde{\iota}\nu o\varsigma$ und
$\varkappa\upsilon\nu\iota\varkappa\grave{o}\varsigma$ [1]) bezeugen. Doch ist die Art der Satire in diesen zwei
Schriften keine solche, dass ihm daraus der allgemeine Ruf eines
Philosophenfeindes erwachsen konnte. Auch im Kreise seiner Freunde
mochte Luk. von den Ansichten, die in „Hermot." zu Tage treten,
kein Hehl gemacht haben; aber Leute wie Hermot. befanden sich
gewiss nicht in Lukians Gesellschaft. Wir müssen also, wenn das
$\dot{\upsilon}\beta\varrho\iota\sigma\tau\grave{\eta}\varsigma\ \dot{\alpha}\varepsilon\grave{\iota}\ \sigma\acute{\upsilon}$ ein auf dem Rufe Lukians fussender Vorwurf
ist, diesen Dialog in der Reihenfolge herab und ihm noch andere
philosophenfeindliche Schriften voransetzen. Doch wir möchten auf
diesen Ausdruck kein allzu grosses Gewicht legen, denn im $'I\varkappa\alpha\varrho o\mu$.
c. 2 finden wir mit $\Sigma\grave{\upsilon}\ \mu\grave{\varepsilon}\nu\ \pi\acute{\alpha}\lambda\alpha\iota\ \sigma\varkappa\acute{\omega}\pi\tau\omega\nu\ \delta\tilde{\eta}\lambda o\varsigma\ \varepsilon\tilde{\iota}$ dieselbe Redewendung, wo, wie bei der Bedeutungslosigkeit dieser Rolle mit grosser
Wahrscheinlichkeit angenommen werden darf, unter dem „Freunde",

---

[1]) Ich halte den $\varkappa\upsilon\nu\iota\varkappa\grave{o}\varsigma$ für echt und für eine versteckte Satire. Das
Stück hat in seiner Manier viel Verwandtes mit $N\iota\gamma\varrho\tilde{\iota}\nu o\varsigma$. Die Satire liegt
in der Selbstverherrlichung des Kynikers und in seiner Hinweisung auf das andere Extrem gegenüber dem von Luk. angedeuteten Mittelweg. Das Gemeinsame
mit $N\iota\gamma\varrho\tilde{\iota}\nu o\varsigma$ liegt in der beiderseitigen Selbstobjectivirung des Verspotteten.
Doch ist $N\iota\gamma\varrho$. viel heiterer und geistreicher angelegt. Während im $\varkappa\upsilon\nu$. die
Entscheidung dem Leser schlechthin überlassen wird, legt sie ihm die fingirte
Schwärmerei in $N\iota\gamma\varrho$. nahe.

welchem dieser Vorwurf gemacht wird, nicht einmal eine bestimmte Person zu verstehen ist. Jedenfalls dürfte sich die Geltung der ganzen Stelle auf die Freundeskreise beschränken und so beabsichtigt gewesen sein.

Wir halten nun die Zeitangabe des c. 13 für richtig und glauben, dass, da andere Umstände dafür sprechen, der unbestimmte Ausdruck τετταρακοντούτης σχεδὸν sich auch noch auf das 41. Jahr erstrecken könne.

Endlich berufen wir uns entgegen dem Versuche, den „Herm." in der Reihe der philosophischen Dialoge tiefer herabzudrücken, auf Lukians Worte in δὶς κατηγ. c. 33 und 34 selber. Bei der Bestimmung der Reihenfolge der lukianischen Schriften müssen diese zwei Stellen jedenfalls in Rechnung gezogen werden. Es lässt sich aber darüber streiten, ob die angegebenen Eigenschaften des Dialogs jedem Dialoge zukommen, oder ob damit eine graduelle Weiterentwicklung der lukianischen Dialoge angedeutet wird. Wir halten Letzteres für wahrscheinlicher und mit Rücksicht auf die sich nachweisbar steigernde Satire der Wirklichkeit entsprechender. So wird denn als erste That vom Kläger Dialogos getadelt und vom Geklagten Luk. gerühmt, dass er den Dialog der gemeinen Menge verständlich gemacht habe (ἰσοδίαιτον τοῖς πολλοῖς ἐποίησε und ἐπὶ γῆς βαίνειν εἴθισεν ἐς τὸν ἀνθρώπινον τοῦτον τρόπον). In diese erste Stufe der lukianischen Dialogsentwicklung fällt nun jedenfalls „Hermot.", womit ein streng philosophisches Thema, wie wir oben gezeigt, in populärer Weise behandelt wird. „Hermot." gehört somit nicht nur unter die ersten philosophischen Schriften Lukians, sondern ist selbst eine der ersten in dieser Reihe. Vor ihm stehen Νιγρῖνος und κυνικός, nach ihm folgen zunächst Μένιππος und Ἰκαρομένιππος.

Ant. Schwarz.

Stellen jedenfalls … darüber streiten … jeden Dialoge … wicklung der … Letzteres für … weisbar steigende … denn als erste … Klägern Luk. … verständlich gemacht … Die feinere … Seite der … mot“, … zeigt, in populärer … nicht nur unter … dem ist …

bei Schwarz.

Schulnachrichten.

I. Chronik des Gymnasiums.

A. Ereignisse im Schuljahre.

Während der Ferien wurde Herr Prof. Dr. Alois Fellner, der seit 1. Oktober 1872 am hierortigen Gymnasium sehr verdienstlich gewirkt hatte, über sein Ansuchen zum Professor an der k. k. Unter-Realschule im 5. Bezirke zu Wien ernannt. An seine Stelle trat der Piaristenordenspriester Herr Augustin Bachinger als ausserordentlicher Professor. — Der Gymnasial-Supplent in Znaim, Herr Carl Riedel wurde in gleicher Eigenschaft für Horn bestellt und die Supplentur des Herrn Johann Messner auf das Jahr 1876/7 erstreckt. — Am 9. Dezember 1876 erfolgte die definitive Ernennung der prov. Professoren Herren Johann Schwetz und Heinrich Trefkorn.

Dem Herrn Professor Georg Schönauer wurde vom 2. Oktober 1876 an die erste und dem Berichterstatter vom 28. März 1877 an die dritte Quinquennalzulage zuerkannt.

Vom 26.—28. April inspicirte der Landesschulinspector-Stellvertreter, Herr Director Dr. Julius Spängler die Schule. — Am 11. Juli hielt der bischöfliche Commissär, der hochw. Herr Canonicus Carl Blahnik in allen Classen die Religionsprüfung ab.

Am 23. Mai starb in seiner Vaterstadt Eggenburg der ausgezeichnete Schüler der 6. Classe Friedrich Mayer. Fünf Professoren und viele Schüler, darunter alle seine Mitschüler, begaben sich am 25. Mai nach Eggenburg, um ihm den letzten Liebesdienst zu erweisen.

Während der Krankheit des Directors, vom 20. April bis 1. Juni, führte der Senior des Lehrkörpers, der hochw. Herr Professor Lehner bereitwilligst die Leitung der Schule, wofür ihm der Berichterstatter hiermit den wärmsten Dank ausspricht.

Auch die Stiftungsangelegenheit des Gymnasiums erfuhr in diesem Jahre eine definitive Lösung. Der hohe n. ö. Landtag fasste nämlich in der Sitzung vom 16. April 1877 folgende Beschlüsse:

1. „Zu der von der Stadtgemeinde Horn beantragten und von der Stiftungsbehörde bereits genehmigten stiftungsmässigen Beitragsleistung für das Gymnasium in Horn von jährlichen 461 fl. 50 kr. statt den bisherigen Naturalleistungen wird mit dem die Genehmigung ertheilt, dass diese 461 fl. 50 kr. in die jährliche vertragsmässige Leistung von 5000 fl. für dieses Gymnasium eingerechnet werden.“

2. „Die von dem Herrn Statthalter in Niederösterreich Namens und im Auftrage der Stiftungsbehörde gegebene Zustimmung zu der zwischen dem Lande Niederösterreich und dem Herrn Grafen Ernst v. Hoyos-Sprinzenstein vereinbarten Ablösungssumme für die stiftungsmässigen Leistungen des Fideicommissgutes Horn an das Gymnasium zu Horn per 55.000 fl. Kaiser Franz-Josef-Bahn-Prioritätsobligationen sammt den vom 1. Jänner 1876 entfallenden Zinsen wird zur Kenntnis genommen.“

3. „Der Landesausschuss wird beauftragt, nach dem Einlangen der Zustimmung der Fideicommissbehörde obige 55.000 fl. Kaiser Franz-Josef-Bahn-Prioritätsobligationen sammt den vom 1. Jänner 1876 entfallenden Zinsen in Empfang zu nehmen und die Obligationen für das Landesgymnasium in Horn vinculiren zu lassen."

4. „Der Landesausschuss wird beauftragt, die erforderliche Nachtragsurkunde zu dem Stiftsbriefe und die grundbücherliche Eintragung des Eigentumsrechtes des Landes Niederösterreich um die für das Gymnasium in Horn bestimmten Realitäten zu erwirken."

5. „Der Landesausschuss wird ermächtigt, dem Piaristenorden österreichischer Provinz für die Bibliothek des ehemaligen Piaristengymnasiums in Horn nebst Bibliothekseinrichtung einen Ablösungsbetrag von 500 fl. zu bezahlen."

Somit hat das Gymnasium als eigenes Einkommen ausser dem Schulgelde und den für die Lehranstalt bestimmten Realitäten den jährlichen Beitrag der Stadtgemeinde Horn von 5000 fl. und das Erträgnis der Ablösungssumme per 55.000 fl. in Prioritätsobligationen der Kaiser-Franz-Josef-Bahn.

B. Wichtige Erlässe der hohen Behörden.

Normale über die Stundeneintheilung (L.-Sch.-R. — E. v. 12. September 1876 Z. 6403.)

Weisung betreffend den Personalstands-Ausweis. (L.-Sch.-R. — E. v. 27. September 1876 Z. 6273.)

Der französischen Sprache sind in der III. Classe des Realgymnasiums 5 Stunden zuzuweisen. (L.-Sch.-R. — E. v. 2. Oktober 1876 Z. 561.)

Zur Maturitätsprüfung zugelassene Privatschüler sind auch aus der Naturgeschichte und philosophischen Propädeutik zu prüfen. (L.-Sch.-R. — E. v. 10. Jänner 1877 Z. 9129.)

Die Wiederholungsprüfung aus einem einzelnen Gegenstande muss vor der Zulassung zur Maturitäts-Prüfung abgelegt werden. (Min. E. v. 16. April 1877 Z. 1491).

Die Eltern jener Schüler, welche in beiden Semestern die III. Fortgangsclasse erhalten und daher nach §. 71, 7 des O. E. die Lehranstalt zu verlassen haben, sind hievon in verlässlicher Weise, am sichersten durch den Beisatz auf dem Zeugnisse, zu verständigen (L.-Sch.-R. — E. v. 9. Mai 1877 Z. 2819.)

Ueber Aufnahme und Anleitung der Probecandidaten. (Minist. E. v. 27. November 1876 Z. 18740.)

Bestimmungen über den Programmaustausch mit den Gymnasien des deutschen Reiches. (Minist. E. v. 2. März 1877 Z. 20516.)

II. Personalstand und Fächervertheilung.

a) Lehrköper.

	Obligatfächer	Stundenzahl	Weitere Funktionen	Freifächer	Stundenzahl
Schwarz Anton, Director.	Latein V.	6	—	—	—
Lehner Johann, Piarist, Professor.	Religion I.—VIII.	16	Exhortator.	—	—
Schönauer Georg, Professor.	Zeichnen I.—IV.	16	Custos des Modellen-Cabinets.	Zeichnen für Obergymnasiast.	2
Schindl Rudolf, Professor.	Gesch. u. Geogr. I., III., IV., VI. —VIII.	19	Bibliothekar, Ordinarius VI.	Kalligraphie.	2
Wittch Hans, Professor.	Mathem. III., VI., VIII. Phys. III. u. VIII. Ph. Pr. VIII.	17	—	Franz. Sprache.	2
Blüml Clemens, Professor.	Lat. VI. u. VII. Griech. V.	16	Ordinarius VII.	—	—
Fritz August, Professor.	Lat. I. u. VIII. Deutsch I.	16	Ordinarius VIII.	—	—
Polzer Aurelius, Professor.	Latein IV. Griech. III u. VIII.	16	Ordinarius IV.	Stenographie.	2
Tyefkorn Heinrich, Professor.	Math. IV. V. u. VII. Phys. IV. u. VII.	16	Cust. d. phys. u. chemischen Cabinets.	—	—
Schwetz Hans, Professor.	Deutsch V—VIII. Geschichte V. Phylos. Prop. VII.	17	Ordinarius V.	—	—
Bachinger Augustin, Piarist, Professor.	Naturgesch. I. II. V. u. VI. Mathem. I. u. II.	18	Cust. des Natur.-Cabin. Ordinarius I.	—	—
Schmied Karl, Gymnasial-Lehrer.	Lat. u. Deutsch II. Griechisch VI.	16	Ordinarius II.	Gymnastik.	4
Messner Johann, Supplent.	Lat. u. Deutsch III. Griech. IV. u. VII.	17	Ordinarius III.	—	—
Riedel Carl, Supplent.	Franz. III. u. IV. Deutsch IV. Griechisch IV.	16	—	—	—
Falkner Johann, Volksschullehrer.	—	—	—	Gesang in zwei Abtheilungen.	4

b) Dienerschaft.

Lackner Karl, Schuldiener. — Kracher Johann, Schuldiener.

III. Lehrverfassung und Lehrbücher.

A. Obligate Fächer.

I. CLASSE.

Religion: Die katholische Glaubens- und Sittenlehre nach Fischer's Lehrbuch. Wochentlich 2 Stunden.

Deutsch: Der einfache Satz und das wichtigste vom zusammengesetzten; Formenlehre des Nomens und Verbums nach dem Lehrbuche von Ed. Hermann. Erklärung von Lesestücken und Memoriren ausgewählter Stücke aus dem Lesebuche von Neumann und Gehlen. Alle 14 Tage eine Haus- und Schularbeit. Wochentlich 3 Stunden.

Latein: Die regelmässige Formenlehre; Grammatik von Schultz, Uebungsbuch von Rožek. Vom Jänner an wochentlich eine Schularbeit. Wochentlich 8 Stunden.

Geographie: Die wichtigsten Begriffe aus der mathematischen und physischen Geographie. Die Erdtheile in Bezug auf die horizontale und vertikale Gliederung. Bewässerung und Bevölkerung nach Klun's Leitfaden. Uebungen im Kartenzeichnen und Kartenlesen. Wochentlich 3 Stunden.

Mathematik. Arithmetik: Die 4 Rechnungsarten mit ganzen, benannten und unbenannten Zalen, mit gemeinen und Dezimalbrüchen, Mass, Vielfaches, nach Močnik. Wochentlich 3 Stunden, im II. Semester 2 Stunden.

Geometrie: Die Gerade, Entstehung und Arten der Winkel, die parallelen Linien. Eintheilung der Dreiecke, nach Močnik. Im II. Semester wochentlich 1 Stunde.

Naturgeschichte: Zoologie. I. Sem. Wirbelthiere. II. Sem. die übrigen Thierkreise, nach Pokorny. Wochentlich 3 Stunden.

Zeichnen: Die geometrische Anschauungslehre, das Flachornament. Erfinden von geom. Ornamenten innerhalb einer gegebenen Grundform. Wochentlich 4 Stunden.

II. CLASSE.

Religion: Cultus der katholischen Kirche nach Fischer's Liturgie der katholischen Kirche. Wochentlich 2 Stunden.

Deutsch: Die Lehre vom zusammengesetzten Satz, den Satzverbindungen, Satzgefügen und Satzverkürzungen nach der Sprachlehre von Ed. Hermann. Gelegenheitliche Wiederholung der Formenlehre, Lectüre und Erklärung ausgewählter Stücke aus Neumann's und Gehlen's Lesebuche. Vortrag memorirter Stücke in gebundener und ungebundener Sprache. Alle 14 Tage eine Schul- oder Hausarbeit. Wochentlich 3 Stunden.

Latein: Wiederholung der regelmässigen, Einübung der unregelmässigen Formenlehre. Die Lehre von den Conjunctionen, vom Accusativ c. Infin. und Nominativ c. Infinitiv, von den Participialconstructionen, Gebrauch des Gerundiums und Supinums, die Präpositionen und Adverbien und endlich das Wichtigste aus der Casuslehre. Grammatik und Uebungsbuch von F. Schultz. Wochentlich eine Schularbeit. Wochentlich 8 Stunden.

Geschichte: Uebersicht der Geschichte des Altertums nach **G i n d e l y** I. Theil. Wochentlich 2 Stunden.

Geographie: Specielle Geographie von Asien und Afrika. Eingehende Beschreibung der verticalen Gliederung Europas und seiner Stromgebiete an der Hand der Landkarte. Specielle Geographie von West- und Südeuropa nach **K l u n**. Wochentlich 2 Stunden.

Mathematik. A r i t h m e t i k: Proportion, Regeldetri mit den verschiedenen Anwendungen. I. Semester wochentlich 2, II. Sem. wochentlich 1 Stunde nach **M o č n i k**.

G e o m e t r i e: Congruenz der Figuren, Flächenberechnung, Verwandlung und Theilung der Figuren, Aehnlichkeit, Pythagoräischer Lehrsatz, nach **M o č n i k**. I. Sem. 1 Stunde, II. Sem. 2 Stunden wochentlich.

Naturgeschichte: I. Sem. Mineralogie, II. Sem. Botanik nach **P o k o r n y**. Wochentlich 3 Stunden.

Zeichnen: Die Grundsätze der Perspective, Anwendung derselben auf räumliche Objecte u. z. im I. Sem. auf geom. Körper und im II. Sem. auf Säulenbasen u. dgl. Wochentlich 4 Stunden.

III. CLASSE.

Religion: Geschichte der göttlichen Offenbarung des alten Bundes nach **F i s c h e r's** Lehrbuch. Wochentlich 2 Stunden.

Deutsch: Wiederholung der Formen- und Satzlehre nach der Sprachlehre von Ed. **H e r m a n n**. Lectüre und Erklärung ausgewählter prosaischer und poetischer Stücke aus **N e u m a n n's** und **G e h l e n's** Lesebuch für die 3. Klasse. Declamationsübungen. Alle 14 Tage eine Schul- oder Hausarbeit. Wochentl. 3. Stunden.

Latein: Casuslehre und das Wichtigste aus den übrigen Partien der Syntax nach der kleinen Grammatik von **S c h u l t z**. Uebersetzungsübungen nach der Aufgabensammlung von **R o ž e k** für die III. Klasse. Lectüre aus **S c h w a r z** lat. Lesebuche. Alle 14 Tage eine Composition. Wochentlich 6 Stunden.

Griechisch: Regelmässige Formenlehre bis zum Aorist pass. nach **C u r t i u s**, Grammatik. Uebungen aus **S c h e n k l's** Elementarbuch. Vom Jänner an alle 14 Tage eine schriftliche Schularbeit. Wochentlich 5 Stunden.

Französisch: Die regelmässige Formenlehre. Die wichtigsten Abweichungen der Plural- und Femininbildung beim Nomen. Die wichtigsten unregelmässigen Verba und syntaktischen Regeln. Elementargrammatik von **P l ö t z**. Das unregelmässige Verb. der I.—III. Conjugation. Schul- und Hausaufgaben. Wochentlich 5 Stunden.

Geschichte: Geschichte des Mittelalters nach **G i n d e l y** 2. Teil. Wochentlich 2 Stunden.

Geographie: Europa mit Ausschluss der österr.-ungar. Monarchie, Amerika und Australien. Wochentlich 2 Stunden.

Mathematik. A r i t h m e t i k: Die 4 Species mit Buchstaben. Brüche und Potenzgrössen. Potenziren und Wurzelausziehen. Combinationslehre.

G e o m e t r i e. Die Kegelschnittslinien nach **M o č n i k**. Wochentlich 3 Stunden.

Naturlehre: Allgemeine Eigenschaften der Körper, Wärme, Mechanik, nach **K r i s t**. Wochentlich 3 Stunden.

Zeichnen: Darstellen des classischen Ornamentes. Erklärung über das Anwenden derselben in der klass. Architektur. Gedächtnisstudien der durchgenommenen Formen. Erfinden von Ornamenten mit Zugrundelegung vegetabiler Formen. Wiederholung der Perspective. Wochentlich 4 Stunden.

IV. CLASSE.

Religion: Geschichte der göttl. Offenbarung des neuén Bundes nach **Fischer**. Wochentl. 2 Stunden.

Deutsch: Wiederholung der Grammatik nach **Bauer**. Das Wichtigste aus der Verslehre und Stilistik. Erklärung von Lesestücken aus dem Lesebuche von **Neumann** und **Gehlen**. Uebungen im Vortrage pros. und poet. Stücke. Alle 14 Tage eine Schul- und eine Hausarbeit. Wochentlich 3 Stunden.

Latein: Tempus- und Moduslehre, Grundzüge der Prosodie und Metrik nach der Grammatik von **Schultz**. Alle 14 Tage eine Schularbeit. Uebungsbuch von **Rožek**. Lectüre: Caesar bellum gallicum liber I, II, IV, VI. Ovid Met. I. 89—162 und VI. 146—312. Wochentlich 6 Stunden.

Griechisch: Aorist Passiv. Die Verba auf *μι*. Verba anomala. Das Wichtigste aus der Syntax nach der Grammatik von **Curtius**. Uebungsbuch von C. **Schenkl**. Alle 14 Tage eine Schularbeit. Wochentlich 4 Stunden.

Französisch: Verbes réguliers et irréguliers, emploi des verbes auxiliaires, verbes pronominaux, verbes impersonnels. Construction. Emploi des temps et des modes. Syntax de l'article, de l'adjectif et de l'adverbe. Pronom. Accord du verbe avec son sujet, régimes des verbes, emploi de l'infinitiv. Conjonction. Schulgrammatik von **Plötz**. Lectures choisies von **Plötz**. Haus- und Schulaufgaben alle 14 Tage. Wochentlich 4 Stunden.

Geschichte und **Geographie**: Geschichte der Neuzeit mit Hervorhebung von Beziehungen, die für Oesterreich von Wichtigkeit sind, nach **Gindely** III. 2. Sem. Statistik und Geschichte des österr. Kaiserstaates nach **Hannak** (Unter-Stufe). Wochentlich 4 Stunden.

Mathematik. Arithmetik: Wiederholung des Vorausgegangenen. Zusammengesetzte Regeldetri und Folgelehren. Zinseszins- und Rentenrechnung. Gleichungen 1. Grades mit einer und mehreren Unbekannten. Lehrbuch von **Močnik**. II. Teil.

Geometrie: Stereometrie nach **Močnik** II. Theil. Wochentl. 3 Stunden.

Naturlehre. Physik: Wiederholung des Vorausgegangenen. Akustik, Magnetismus, Elektricität, Optik nach **Krist's** Lehrbuch.

Chemie: Grundstoffe und die wichtigsten Verbindungen nach **Lielegg's** Lehrbuch. Wochentlich 3 Stunden.

Zeichnen: Das Ornament des Mittelalters und der Renaissance nach Modellen. Gedächtnis-Studien nach vorher studirten Formen. Die Flachmalerei. Erfinden von Ornamenten mit Zugrundelegung vegetabiler Formen. Studien nach dem Kopfmodell. (Relief.) Wochentlich 4 Stunden.

V. CLASSE.

Religion: Einleitung und Beweis der Wahrheit der katholischen Religion, nach Dr. **Wappler's** Lehrbuch der katholischen Religion. I. Theil. Wochentlich 2 Stunden.

Deutsch: Lectüre aus E g g e r s Lesebuch 1. Theil. Lehre von den Dichtungsarten und den Formen poetischer und prosaischer Darstellung. Vortragsübungen. Wochentlich 2 Stunden.

T h e m e n: 1. Wie sollen wir lesen, um Nutzen daraus zu ziehen? — 2. Die Rose. (Nachbildung des Märchens „der Tannenbaum" von Andersen im Lesebuche.) — 3. Asiens Bedeutung für die Cultur der Menschheit. — 4. „Die Elemente hassen das Gebild der Menschenhand" (Schiller.) — 5. Die Neugierde betrachtet vom Standpunkte des Wirts und des Pfarrers iu Göthes Hermann und Dorothea. — 6. Miltiades' und Datis' Reden an ihre Heere vor der Schlacht von Marathon. — 7. „Von der Stirne heiss rinnen muss der Schweiss, soll das Werk den Meister loben." (Schiller.) — 8. Welchen Eigenschaften verdankten die Römer die Weltherrschaft? — 9. Ein Spaziergang im Mai. — 10. Warum wählte Hannibal den Landweg nach Italien? — 11. „Es liesse sich Alles trefflich schlichten, könnte man die Sachen zweimal verrichten." (Göthe.) — 12. Welche Umstände ebneten August den Weg zur Alleinherrschaft? — 13. Hätte nicht die Schrift den Zauberkreis gezogen, viel Gold der Vorzeit wär im Wind wie Spreu verflogen." (Rückert.) — 14. Ueberblick und Darstellung des Bedeutendsten der häuslichen Lectüre.

Latein: L i v i u s l. XXI. und l. XXII. O v i d e libris tristium IV. 10. Fasti I, 469—542; 543—586; II 83—118; 195—243; 475—512; 687—710; III 167—234; 259—392; 523—655. E libris Metamorphoseon VI. 146—312. X, 1—77. Stilübungen nach S ü p f l e B. II. Alle 14 Tage eine schriftliche Schularbeit. Wochentlich 6 Stunden.

Griechisch: Chrestomathie aus Xenophon von Dr. C. S c h e n k l: Kyrupädie I., II., III., IV., V., VI., VII. Comm. I. — H o m e r Ilias, Text. von H o c h - e g g e r: I. und II. Gesang. — Grammatische Uebungen und Schularbeiten nach Vorschrift. Wochentlich 5 Stunden.

Geschichte und Geographie: Geschichte des Altertums bis Augustus nach P ü t z. Specielle Geographie von Asien, Afrika und Südeuropa. Wochentlich 4 Stunden.

Mathematik: A l l g e m e i n e A r i t h m e t i k: Die 4 Spezies. Dekadische ganze Zahlen. Theilbarkeit der Zahlen. Gemeine Brüche, Dezimalbrüche, Kettenbrüche, Proportionen und deren Anwendung nach M o č n i k. — G e o m e t r i e: Planimetrie, Anwendung der Algebra bei der Lösung geometrischer Aufgaben nach M o č n i k. Wochentlich 4 Stunden.

Naturgeschichte: I. Semester. Mineral- und Gesteinskunde nach H o r n s t e i n, II. Semester: Botanik nach B i l l. Bestimmung und Beschreibung der Pflanzen. Wochentlich 3 Stunden.

VI. CLASSE.

Religion: Katholische Glaubenslehre nach W a p p l e r's Lehrbuch II. Teil. Wochentlich 2 Stunden.

Deutsch: Literarhistorische Uebersicht von den ältesten Zeiten bis Klopstock nach E g g e r s Lehr- und Lesebuch II. Theil I. Band. Mittelhochdeutsche Grammatik und Lectüre des Nibelungenliedes, Parcivals, Walthers von der

Vogelweide, Bertholds von Regensburg nach Reichels mhd. Lesebuch. Wochentlich 3 Stunden.

Themen: 1. Aus welchen Ursachen verfiel die römische Weltherrschaft? — 2. „Wohlthätig ist des Feuers Macht, wenn sie der Mensch bezähmt, bewacht." (Schiller.) — 3. Etzels Bild in Geschichte und Sage. — 4. Hochmut kommt vor dem Fall, mit Belegen aus der Geschichte. — 5. Achilles und Siegfried. Eine Parallele. — 6. „Dem Wandersmann gehört die Welt in allen ihren Weiten." Rückert. — 7. Metellus und Marius. (Charakteristik nach Sallust.) — 8. Die Bedeutung Walthers von der Vogelweide als Lyriker. — 9. Chrie mit selbstgewählter Sentenz. — 10. Der ist ein narr, der nit verstot,

    so ihm unfall zu handen geht,

    dass er sich weislich schick darin.

    unglück will nit verachtet sin." (Sebastian Brant.)

11. Welche Verdienste erwarb sich Opitz um die deutsche Literatur? — 12. Welche Vortheile gewährt die Schulung unseres Vortrags? — 13. Uebersicht und Besprechung des Wichtigsten aus der häuslichen Lectüre.

Latein: Sallustius: bellum Jugurth.; Vergil: II. und III. Gesang der Aeneis, Text von Emanuel Hoffmann; Cäsar: de bello civili comm. l. II. Stilübungen nach Carl Friedrich Süpfle II. Teil und Schularbeiten nach Vorschrift. Wochentlich 6 Stunden.

Griechisch: Homer Ilias XVIII. XIX. XXII. XXIV. nach Hochegger. Herodot nach A. Wilhelm VIII. Tempus- und Moduslehre. Monatlich 1 Schulaufgabe. Wochentlich 1 Pensum aus Schenkl's Uebungsbuch für Ober-Gymnasien. Grammatik von G. Curtius. Wöchentlich 5 Stunden.

Geschichte und Geographie: Schluss der Geschichte des Altertums, Geschichte des Mittelalters nach Gindely 2. Teil. Wochentlich 3 Stunden.

Mathematik: Fortsetzung der allgemeinen Arithmetik: Potenzen, Wurzeln, Logarithmen. Theorie der imaginären und complexen Zahlen. Algebra: Gleichungen 1. Grades mit einer und mehreren Unbekannten. Geometrie: Trigonometrie und Stereometrie nach Močnik. Wochentlich 3 Stunden.

Naturgeschichte: Zoologie: Somatologie des Menschen, systematische Uebersicht des Thierreiches nach Thomé. Wochentlich 3 Stunden.

VII. CLASSE.

Religion: Die katholische Sittenlehre nach Wappler's Lehrbuch III. Theil. Wochentlich 2 Stunden.

Deutsch: Literarhistorische Uebersicht von Opitz bis zu den Romantikern nach Egger's Lehr- und Lesebuch, II. Theil I. Band. Lectüre: Minna von Barnhelm, Iphigenie auf Tauris. Vortragsübungen, Versuch von Disputationen. Wochentlich 3 Stunden.

Themen: 1. Die Bedeutung der Sprachgesellschaften des 17. Jahrhunderts. — 2. Welche Stelle nimmt der Begriff in der Logik ein? — 3. Ein Kind vergisst sich selbst;

    Ein Knabe kennt sich nicht;

    Ein Jüngling acht sich schlecht;

> Ein Mann hat immer Pflicht;
> Ein Alter nimmt Verdruss;
> Ein Greis wird wieder Kind;
> Was glaubst du, dass doch dies für Herrlichkeiten sind?
>
> (Friedrich von Logau).

4. Charakteristik der Odendichtung Klopstocks nach Inhalt und Form. — 5. Welche Folgen hatte der westphälische Friede für Deutschland? — 6. Welche Vorzüge besitzt der Lessing'sche Stil? — 7. Aus welchen Gründen sprach Demosthenes für die Unterstützung Olynths? — 8. „Auch das Wort ist eine That." (Rückert.) — 9. Die Vortheile und Nachtheile des Reichtums. — 10. Ist der Ausspruch Nikolais richtig, dass zur Vervollständigung unserer Kenntnis eines Dinges nichts mehr beitrage, als dasselbe aus mehreren Gesichtspunkten zu betrachten. — 11. Wodurch erhielt Demosthenes den Ruhm des grössten Redners der Griechen? — 12. Kann uns zum Vaterland die Fremde werden? (Göthe.) 13. Charakteristik der Tendenzen der Stürmer und Dränger.

Latein: Vergil: IV., VII., XII. Gesang der Aeneis; Cicero: pro lege Manilia, pro P. Sulla ad iudices, pro Archia poeta. — Privatlectüre: IX. Gesang der Aeneis. — Grammat., stilistische Uebungen und Schularbeiten wie in Cl. VI. — Wochentlich 5 Stunden.

Griechisch: Lectüre: Demosthenes olynthische Reden und die Reden über die Angelegenheiten in Chersones nach dem Texte von Dindorf. Homer Odysee 6—9 nach der Schulausgabe von Pauly. Aus der Grammatik von Curtius Infinitiv und Participium und Wiederholung der wichtigern Partien. Uebersetzungsübungen nach Schenkl's Uebungsbuch für Obergymnasien. Monatlich eine Composition. Wochentlich ein kleines Pensum. 4 Stunden.

Geschichte: Geschichte der Neuzeit nach Gindely. 3. Theil. Wochentlich 3 Stund.

Mathematik: Algebra: Gleichungen 2. Grades mit einer und mehreren Unbekannten. Diophantische Gleichungen. Arithmetische und geometrische Reihen. Zinseszins- und Rentenrechnungen nach Močnik.

Geometrie: Stereometrie, Ausmessung der Körper. Anwendung der Algebra auf die Geometrie. Analytische Geometrie der Ebene nach Wiegand. Wochentlich 3 Stunden.

Naturlehre: Allgemeine Eigenschaften der Körper. Mechanik der festen, tropfbaren und der elastisch flüssigen Körper nach Münch. Ferner die Grundlehren der Astronomie und Chemie. Wochentlich 3 Stunden.

Philosophische Propädeutik: Begriff, Urtheil, Schluss, Erklärung, Eintheilung und Beweis nach Drbals Logik. Wochentlich 2 Stunden.

VIII. CLASSE.

Religion: Die Kirchengeschichte nach Fischer. Wochentlich 2 Stunden.

Deutsch: Literarhistorische Uebersicht von den Romantikern bis zur Gegenwart nach Egger's Lehr- und Lesebuch II. Teil, 2. Band. Recapitulation des gesammten literarhistorischen Stoffes. Vortragsübungen und Disputationen. Lectüre: Schillers Wilhelm Tell, Göthes natürliche Tochter. Wochentlich 3 Stunden.

Themen: 1. Warum ist Schiller der Lieblingsdichter der Jugend? — 2. Willst du dich am Ganzen erquicken, musst du das Ganze im Kleinsten erblicken. (Göthe). — 3. Charakteristik Stauffachers und Gertruds in Schillers Wilhelm Tell. — 4. Wie zeichnet Plato im Protagoras den Hippias? — 5. Uebersicht der Hilfsquellen Oesterreichs. — 6. Welche Vorzüge besitzt die dialogische Darstellungsweise Platos? — 7. Das Verhalten des Tiberius gegen Germanicus (nach Tacitus.) — 8. Welche Stellung nimmt Theodor Körner in der deutschen Literatur ein? — 9. Versuch, den Begriff der Poesie an der Hand der Literaturgeschichte zu bestimmen. — 10. Was verdanken wir den Griechen und Römern? — 11. (Maturitätsthema.) Welche Vortheile und Nachtheile für Civilisation, Wissenschaft und Kunst bringt das moderne Presswesen mit sich?

Latein: Tacitus Annales lib. 2 u. 3, 1—19. Agricola. Textausgabe von Halm. Horatius carm. lib. 2 u. 3. Sat. I. 1 u. 2. 6. Textausgabe von Grysar. Stilübungen nach Süpfle 3. Theil; alle 14 Tage eine Schularbeit. Wochentlich 5 Stunden.

Griechisch. Platon: Protagoras. Sophokles: Electra. Am Schlusse des Jahres cursorische Lectüre aus den Schulclassikern. Monatlich eine schriftliche Schularbeit, wochentlich eine Uebung. Uebungsbuch von Schenkl. Wochentlich 5 Stunden.

Geschichte: Wiederholung der allgemeinen Geschichte, Statistik und Geschichte des österr. Kaiserstaates nach Hannak (Ober-Stufe). Wöchentl. 3 Stunden.

Mathematik: Wiederholung des gesammten mathematischen Lehrstoffes nebst Durchübung desselben an mannigfachen Aufgaben. Wochentlich 2 Stunden.

Naturlehre: Magnetismus. Elektricität. Akustik. Optik. Chemie nach Münch. Die Grundlehren der Meteorologie nach Hann. Wochentlich 4 Stunden.

Philosophische Propädeutik: Empirische Psychologie nach Lindner. Woch. 2 St.

B. Freigegenstände.

Kalligraphie (relativ obligat für die Schüler der I. und II. Classe): Current- und Lateinschrift in Musterheften. Mit einigen Schülern wurde auch die Rondeschrift in Greiners Heften geübt. Wochentlich 2 Stunden. 24 Schüler.

Gesang. I. Abth.: Theorie. Scalen, Intervalle und Taktübungen. Einfache zweistimmige Lieder. Wochentlich 2 Stunden. 17 Schüler.

II. Abth.: Zwei- und mehrstimmige geistliche und weltliche Lieder. Wochentlich 2 Stunden. 26 Schüler.

Gymnastik: Frei-, Ordnungs- und Gerätübungen in 2 Abteilungen mit je zwei wochentlichen Stunden. 59 Schüler.

Stenographie: II. Abth. Lehre von der Satzkürzung, Wiederholung der Lehre von der Wortkürzung verbunden mit Schreib- und Leseübungen nach C. Faulmann Gabelsbergers stenograph. Lehrgebäude u. Anthologie. Wochentlich 2 Stunden. Im I. Sem. 16, im zweiten 9 Schüler.

Französische Sprache (für die Schüler des Obergymnasiums): Die regelmässige Formenlehre. Die wichtigsten Abweichungen der Plural- und Femininbildung. Die wichtigsten unregelmässigen Verba und syntaktischen Regeln. Elementargrammatik von Plötz. 2 Stunden. 16 Schüler.

Zeichnen (für die Schüler des Obergymnasiums): Wiederholung des klass. Ornamentes. Studiren der menschl. Form. Wochentlich 2 Stunden. 9 Schüler.

IV. Statistische Nachrichten.

Classe	Zahl der Schüler — Zu Beginn des Schuljahres	Während des Schuljahres — traten ein	Während des Schuljahres — gingen ab	Am Ende des Schuljahres	Zeugnisclassen am Ende des II. Semesters — I. mit Vorzug	I.	Nachprüfung	II.	III.	Ungeprüft	Schulgeld — Zahlende im I. Sem.	Zahlende im II. Sem.	Befreite im I. Sem.	Befreite im II. Sem.	Betrag im I. Sem.	Betrag im II. Sem.	Stipendien — Zahl der Stipendisten	Betrag in ö. W.
I.	33	—	3	30	4	14	2	4	6	—	25	24	8	6	125	120	—	—
II.	23	2	2	23	6	10	2	5	—	—	13	12	10	12	65	60	—	—
Privat	2	—	1	1	—	—	—	1	—	—	2	1	—	—	10	5	—	—
III.	18	—	—	18	6	9	—	3	—	—	6	6	12	12	30	30	—	—
IV.	22	1	2	21	4	9	4	2	2	—	13	12	9	11	65	60	1	100
V.	15	1	1	15	2	9	3	—	1	—	6	7	3	9	30	35	3	500
VI.	17	—	3	14	4	7	2	—	1	—	4	4	13	11	20	20	4	558
VII.	9	—	—	9	2	3	1	2	—	1	3	3	6	6	15	15	2	352·50
VIII.	9	1	—	10	3	7	—	—	—	—	3	4	6	6	15	20	2	615
	148	5	12	141	31	68	14	17	10	1	75	73	73	73	375	365	12	2125·50

375 + 365 = 740 fl.

Classe	Vaterland					Religions-bekenntnis		Mutter-sprache		Lebensalter am Ende des II. Semesters											
	Horn	Niederöst.	Böhmen	Mähren	Schlesien	Katholiken	Israeliten	Deutsche	Čechoslaven	10 J.	11 J.	12 J.	13 J.	14 J.	15 J.	16 J.	17 J.	18 J.	19 J.	20 J.	21 J.
I.	14	16	—	—	—	30	—	30	—	1	7	10	9	1	2	—	—	—	—	—	—
II.	5	18	—	1	—	22	2	24	—	—	1	5	5	7	5	1	—	—	—	—	—
III.	2	14	1	—	1	18	—	18	—	—	—	3	3	6	4	—	2	—	—	—	—
IV.	6	12	2	1	—	20	1	20	1	—	—	—	—	3	10	2	3	2	1	—	—
V.	2	13	—	—	—	14	1	15	—	—	—	—	1	—	2	8	2	2	—	—	—
VI.	1	12	1	—	—	14	—	14	—	—	—	—	—	—	—	2	4	5	2	1	—
VII.	3	5	—	—	1	9	—	9	—	—	—	—	—	—	—	1	1	1	4	2	—
VIII.	1	8	—	1	—	9	1	10	—	—	—	—	—	—	—	—	—	3	3	2	2
	34	98	4	3	2	136	5	140	1	1	8	18	18	17	23	14	12	13	10	5	2

Erste Classe mit Vorzug erhielten:

In der I. Classe: 1. Springer Ludwig, 2. Jordan Josef, 3. Spitaler Karl, 4. Hofbauer Ignaz.

In der II. Classe: 1. Neuwirth Ignaz, 2. Walter Hans, 3. Blankensteiner Rupert, 4. Fleischhacker Josef, 5. Schwaiger Anton, 6. Popp Karl.

In der III. Classe: 1. Gatterer Alois, 2. Ulrich Moriz, 3. Schmied Moriz, 4. Seidl Arthur, 5. Fleischl Alois, 6. Schmid Karl.

In der IV. Classe: 1. Jantsch Josef, 2. Pollatschek Moriz, 3. Nickles Victor, 4. Willinger Johann.

In der V. Classe: 1. Walter Karl, 2. Hötzel Johann.

In der VI. Classe: 1. Willvonseder August, 2. Frey Franz, 3. Schmid Franz, 4. Kurzreiter Heinrich.

In der VII. Classe: 1. Kaller Markus, 2. Toifel Otto.

In der VIII. Classe: 1. Schulz Franz, 2. Glaserer Alois, 3. Schuster Eugen.

Maturitätsprüfung.

Von den 13 Schülern, welche am Ende des Schuljahres 1876 die Maturitätsprüfung bestanden haben, widmeten sich zwei der Theologie, fünf der Rechts- und Staatswissenschaft, Einer der Medizin, und fünf den philosophischen Wissenschaften.

Für die diesjährige Maturitätsprüfung haben sich wieder alle 10 Schüler der VIII. Classe gemeldet und die schriftliche Prüfung bereits abgelegt.

Die Themen für die Prüfung waren:

1. Aus dem Deutschen: Welche Vortheile und Nachtheile für Civilisation, Kunst und Wissenschaft bringt das moderne Presswesen mit sich?

2. Aus dem Deutschen ins Latein: Aus Schlossers Weltgeschichte für das deutsche Volk, bearbeitet von Kriegk. 3. B. S. 278—79.

3. Aus dem Latein ins Deutsche: Cicero, tusc. disput. I. c. 1 — c. 3 huius artis terminavimus modum.

4. Aus dem Griechischen ins Deutsche: Homer, Odyssee XXI. v. 42—117.

5. Aus der Mathematik:

1)
$$\frac{\dfrac{17}{\sqrt{x+y}}}{\sqrt{y-x=y-1}} - \frac{7\sqrt{x+y}}{x} = \frac{10x}{\sqrt{(x+y)^3}}$$

2) Auf einem Gute lastet eine Hypothek von 20000 fl. mit der Bedingung der Rückzahlung in halbjährigen Annuitäten von 777 fl. 33 kr. und der Verzinsung von 3°/₀ halbjährig in Zins von Zins; nach wie viel Jahren ist a) die halbe Schuld, b) die ganze Schuld getilgt?

3) Es ist die Reihe jener Zahlen anzugeben, die durch 7 theilbar sind und durch 13 dividirt 5 zum Reste geben.

4) Es ist der geometrische Ort der Spitzen aller Winkel, welche die Basis und den Winkel an der Spitze gemeinsam haben, zu construiren.

5) Die Mantelfläche einer geraden Pyramide, deren Grundfläche ein regelmässiges n Eck von der Seite a ist, sei gegeben.

a) Wie gross ist der Winkel an der Grundlinie in jedem Seitendreieck? wie gross der Neigungswinkel jeder Seitenkante und Seitenfläche gegen die Grundfläche?

b) wie gross sind die Längen einer Seitenkante und die Höhe der Pyramide?

c) wie gross ist die Oberfläche und der Kubikinhalt der Pyramide?

d) welchen Winkel schliessen endlich je zwei Seitenflächen mit einander und zur numerischen Rechnung

$$a = 0{\cdot}04215\ M.$$

$$n = 7 \qquad M = 0{\cdot}012926\ \square m.$$

V. Lehrmittel-Sammlungen.

a) Bibliothek.

Bibliothekar: Herr Prof. R. Schindl.

I. Lehrerbibliothek.

(Die mit * bezeichneten sind Geschenke.)

Lateinische Sprache.

1. Gellius noctes Atticae. 2. Bde.
2. Livius. Ed. Grysar.
*3. Neptotis vitae XII imp. Ed. Seibt.
4. Ovidii N. Fasti. Ed. Peter.
*5. Plinius, Briefe. Ed. Strach. 2 Bde.
6. Menge, Repetit. d. lat. Sprache u. Stilistik.
*7. Lattmann, lat. Lesebuch.
8. Rožek, lat. Lesebuch.
*9. Schwarz, lat. Lesebuch.

Griechische Sprache.

10. Aeschyli, Sophoclis, Euripidis et Aristophanis poetar. scen. grae. Ed. Dindorf.
11. Aristophanes. Deutsch v. Donner. 3 Bde.
*12. Arrian's Feldz. Alexand. Ed. Schultze. 3 Bd.
*13. Dyonisii Halicarnassi opera. Ed. Majo.
*14. Homer. Deutsch v. Zausser. 4 Bde.
15. Homer. Ilias. Ed. Hochegger.
*16. Homer. Odyssee. Ed. Pauly. 2 Bde.
17. Lucian ed. Fritzsche. Band II u. III. 1.
18. Lucian ed. Jakobitz. 3 Bde.
19. Lucian ed. Dindorf. 3 Bde.
20. Plutarchi vitae Parallelae. Ed. Sintenis. 5 Bde.
21. Plutarch's Biogr. Deutsch v. Eyth.
*22. Xenophon's Werke. Ed. Grillo. 9 Bde.
*23. Schenkl, Orestis trajoedia.
*24. Schöll, Sophocles' Leben u. Wirken.
*25. Weber, die eleg. Dichter der Hellenen.
*26. Hintner, griech. Elementarbuch.

Deutsche Sprache.

*27. Göchingk, Gedichte.
*28. Grabe, dramat. Dichtungen.
29. Müllenhof u. Scherer, Denkmäler der deutsch. Poesie.
*30. Becker, Handbuch d. deutsch. Sprache.
*31. Deyks, Goethe's Faust.
*32. Egger, deutsch. Lesebuch f. I. Cl.
*33. Hahn, Nibelungen.
*34. Pfaunerer, deutsch. Lesebuch. 4 Bde.
*35. Thurnwald, mittelhd. Lesebuch.

36. Westermann, Geschichte der Beredsamkeit. 2. Bde.
*37. Wachter, Vorles. üb. deutsche Literatur.

Französische und englische Sprache.

38. Diez, etymol. Wörterbuch der roman. Sprachen. 2. Bd.
*39. Ploetz, kurzgefasste Grammatik der franz. Sprache.
40. Poitevin, tranz. Grammatik. 2 Bd.
41. Sachs, Wörterbuch der franz. Sprache. Lief. 12 u. 13 des II. Bd.
*42. Seelinger, englisch. Lesebuch.

Geographie.

*43. Bappe, Reise nach dem Orient.
*44. Hahn, Hochstätter u. Pokorny allgemeine Erdkunde. 1. Aufl.
45. Dasselbe. 2. Aufl.
*46. Knaus, öst.-ung. Länder-Skizzen.
*47. Kozenn, Geogr. v. Jaŕy.
*48. Müller, Albanien und Rumelien.
*49. Steinhauser, Lehrbuch der Geographie.
*50. Steinhauser, Geogr. Oesterreich-Ungarns.

Geschichte

51. Assmann, Gesch. des Mittelalters. 2 Hefte.
*52. Bippard, Hellas und Rom.
53. Gisebrecht, Geschichte der deutschen Kaiserzeit. III. Bd. 2. Th.
*54. Gindely, Böhmen und Mähren im Zeitalter der Reform. 2 Bde.
*55. Gindely, Rudolf und seine Zeit.
*56. Gindely, Geschichte des Majestätsbriefes.
57. Gindely, Lehrbuch der Neuzeit f. Unt.-Gymn.
58. Hannak, Lehrbuch des Altertums f. Ob.-Gymn.
59. Hellwald, Culturgeschichte 2 Bde.
*60. Helfenstein, Gregor VII.
*61. Höfler, Kaisertum und Papsttum.
62. Krones, Handbuch der Geschichte Oest. 2 Bde.
*63. Loserth, Grundriss des Altert. f. Ob.-Gymn.
64. Weber, allgem. Weltgesch. 12. Bd.

Mathematik.

*65. Apollonius v. Pergen. 2 Bde.
*66. Archimedes Werke.
*67. Becher, Methode des geom. Unt.
*68. Chasles, Gesch. der Mathematik.
*69. Euklid's Element. u. Sata. 2 Bde.
70. Frischauf, absol. Geometrie.
*71. Frischauf, Mathematik.
72. Gernerth, Grundlagen der ebenen Geometrie.
*73. Grabow, zur Geometrie.
*74. Grabow, System der Erzeug., Verwandl. u. Theil. geom. Figuren.
*75. Gregovius v. Cypern, Biographie.
*76. Matzke, Logarithmenlehre.
*77. Schramm, Lehrb. d. Arithmetik.
*78. Sommer, algebr. Leitfaden.

Naturwissenschaften.

*79. Buse, geognost. Gemälde Deutschlands.
 80. Brehm's Thierleben. Gr. Ausg.
 81. Frescenius, Anleit. zur quantit. chem. Analyse.
 82. Frescenius, Anleit. zur qualit. chem. Analyse.
*83. Handl, Lehrb. d. Physik.
 84. Koppe, Anfangsgr. d. Physik.
 85. Leunis, Synopsis. Botanik 3 Bd.
 86. Pfaundler, Lehrb. d. Physik.
*87. Pisko, Lehrb. d. Physik.
*88. Rolle, der Mensch im Lichte Darwins.
 89. Zippel, ausländ. Culturpflanzen.

Philosophie.

*90. Biedermann, Wissenschaft des Geistes.
*91. Leibnitzens Logik.
 92. Ueberweg, Geschichte der Philosophie.

Religion.

*93. Brude, Studien über das Christentum.
*94. Otfried, Christi Leben u. Lehre.
*95. Rhode, die heilige Sage.
*96. Tauler, Predigten.
*97. Tertullian, Verteidigung.

Kunst.

 98. Andel, Grundsätze der persp. Beleuchtungs-Erscheinungen.
 99. Müller, archäolog. Wörterbuch der Kunst. Lief. 17—19.
100. Lübke, Denkmäler der Kunst. Lief. 25—30.

Varia.

*101. Fraas, Geschichte der Landwirtschaft.
 102. Fuhrer, Männer-Vokal-Messe sammt Graduale. 2 Hefte.
*103. Gaerth, Missgriffe bei der deutschen Gesetzgebung.

Karten und Atlanten.

104. Czörning, ethnogr. Karte der öst.-ungar. Monarchie.
105. Kiepert, Wandkarte des römischen Reiches.
106. Kiepert, Wandkarte von Alt-Griechenland.
107. Schipanelly, Karte von Italien.
108. Sprunner-Menke, historischer Atlas. Lief. 15 und 16.

Mittheilungen und Zeitschriften.

109. Amtskalender n. ö. f. 1877.
110. Annalen der Physik u. Chemie sammt Beiblätter v. Poggendorf. Jahrg. 1877.
111. Bericht über die intern. Conferenz zu Brüssel f. Erforschung. v. Central-Afrika.
*112. Bibliographie, allgemeine von Deutschland. Jahrg. 1877.
113. Blätter des Vereines f. n.-ö. Landeskunde. Jahrg. 1877.
*114. Germania, Vierteljahrsschrift f. d. Altertumskunde. Jahrg. 1877.
115. Gewerbehalle, Organ f. Fortschritte in der Kunst. Jahrg. 1877.

*116. Hermes, Zeitschr. f. classische Philologie. Jahrg. 1877.
117. Historische Zeitschr. v. Sybel. **Jahrg. 1876.**
*118. Jahresbericht f. classische Altertumswissenschaft v. Bursian. **Jahrg. 1877.**
*119. Jahresbericht d. h. k. k. Minist. f. Cult. u. Unt. Jahrg. 1876.
*120. Jahresbericht d. n.-ö. Landes-Ausschusses. f. 1876.
121. Mittheilungen d. geogr. Gesellschaft in Wien. **Jahrg. 1877.**
122. Mittheilungen über geogr. Forschungen v. Petermann. Jahrg. 1877.
123. Neue Jahrbücher v. Fleckeisen u. Masius. Jahrg. 1877 sammt Repertorium der letzt. 25 Jahrg.
124. Programme.
*125. Sitzungsberichte d. math. naturw. Kl. d. k. k. Akademie der Wissensch. Jahrg. 1877.
*126. Statistische Jahrbücher von 1875 u. 1876, herg. v. d. k. k. stat. Centr.-Commission in Wien.
127. Statistische Monatschrift, herg. v. d. k. k. stat. Centr.-Commission in Wien. Jahrg. 1877.
128. Zeitschrift f. d. Altertum v. Müllenhof. Jahrg. 1877.
129. Zeitschrift f. d. österr. Gymnasien. Jahrg. 1877.
130. Zeitschrift f. Mathemat. u. Physik v. Schlömilch. Jahrg. 1877.
131. Zeitschrift f. mathem. u. naturw. Unterricht v. Hoffmann. Jahrg. 1877.
132. Zeitschrift f. vergleichende Sprachforschung v. Kuhn. Jahrg. 1877.

II. Schülerbibliothek.

1. Dante Alighieri, göttliche Komödie.
2. Döring, Hellas.
3. Freitag, Ahnen. 4 Bde.
*4. Gabound, Histoire de Napoleon.
5. Göll, die Weisen und Gelehrten des Altertums.
6. Göll, die Künstler u. Dichter des Altertums.
7. Gudrun, v. Simrock.
8. Hartwig, die Tropenwelt.
9. Hobirk's Wanderungen. Bd. 13—22.
10. Hölder's histor. Jugendbibliothek. 5 Bdch.
11. Kalidasa, Sakuntala.
12. Milton, verlorenes Paradies.
13. Naturkräfte. Bd. 18—20.
14. Otto, Dichter u. Wissensfürsten des 18. Jahrh.
15. Ramshorn, Maria Theresia.
16. Schillers Werke. 4 Bde.
*17. Sommer's geog. Taschenbuch. 19 Bde.
18 Stifter, Studien. 3 Bde.
19. Stifter, bunte Steine.
20. Tasso, befreites Jerusalem.
21. Uhle, aus der Natur.
22. Verne's Schriften. 8 Bde.

Um die Vermehrung der Bibliothek haben sich durch wertvolle Gaben verdient gemacht: Das h. k. k. Ministerium für Cult. u. Unt., der hohe n.-ö.

Landes-Ausschuss, die k. k. Akademie der Wissenschaften, die k. k. stat. Central-Commission, die Verlagsbuchhandlungen Gerold, Grässer u. Hölder in Wien, Tempsky u. Urbanek in Prag, sowie Herr Albert v. Philippi, wofür hiermit der wärmste Dank abgestattet wird.

b) Naturalien-Kabinet.

Custos: Herr Prof. A. Bachinger,

Geschenke: Vom h. n. ö. Landes-Auschusse: Lorinser, die wichtigsten essbaren, verdächtigen und giftigen Schwämme mit 12 Tafeln Abbildungen; — vom Herrn k. k. Bezirkshauptmann Ferd. Schön: 12 Spezies ausländischer Käfer; — von den Schülern der VI. Classe: Häckl Karl und Schrapfeneder Franz: Schädel von canis familiaris, Sus scrofa domestica und Anser domesticus.

Angekauft wurden: 6 Modelle zur Anatomie nach Dr. Bock und zwar: Auge, Zähne, Kopf mit Längsdurchschnitt, 3 Kehlkopfmodelle. — Mus musculus. — Talpa europaea. — Sorex pygmaeus. — Turdus pilaris. — Taenia mediocanellata. — Ascaris lumbricoides. — Filaria. — Gordius aquaticus. — Cysticercus cellulosae, — Coenurus cerebralis. — Fitzinger: Bilder-Atlas zur Naturgeschichte der Wirbelthiere nebst Text von Dr. Wretschko. — Zippel und Bollmann: Ausländische Culturpflanzen in bunten Wandtafeln, nebst Text, 2 Abtheilungen.

c) Physikalisches Kabinet.

Custos: Herr Prof. H. Trefkorn.

1. Oerstedt's Compressionsapparat. — 2. Photometer nach Ritchie. — 3. Plateau's Drahtnetze. — 4. Ein Pyknometer. — 5. Pneumatisches Feuerzeug. — 6. Radiometer nach Crookes.

d) Chemisches Laboratorium.

Custos: Herr Prof. H. Trefkorn.

Angekauft wurden: Die fehlenden chemischen Präparate und Glaswaaren.

e) Geometrische Lehrmittel.

Custos: Herr Prof. H. Trefkorn.

1. Ein Cubikdecimeter zerschnitten in Cubikcentimeter. — 2. Zwei dreiseitige Pyramiden mit Schnitten.

f) Zeichnensaal.

Custos: Herr Prof. G. Schönauer.

Diese Sammlung wurde um 10 Stück Gypsmodelle bereichert.

VI. Unterstützung der Schüler.

Der Studenten-Unterstützungsverein gewährte 20 Schülern monatliche Geldunterstützungen im Betrage von 671 fl. und verabreichte an 30 Schüler Schulbücher, Freitische, Schreib- und Zeichnenrequisiten.

Die Einnahmen des Vereines betragen im Jahre 1876/7   1206 fl. 24 kr.
die Ausgaben   „   „   „   „   „   „   777 „ 74 „

Bleibt ein Cassarest von   428 fl. 50 kr.

Den reichsten Beitrag leistete die Sparkasse der Stadt Horn, welche an die Vereinscasse 400 fl. verabfolgte. Ausserdem unterstützte die Sparkasse der Stadt Eggenburg einen Schüler mit dem Betrage von 100 fl.

Der Berichterstatter erfüllt eine angenehme Pflicht, indem er den hochherzigen Wolthätern der armen Schüler, insbesonders dem Ausschusse und den Mitgliedern des „Studenten-Unterstützungsvereines" und den verehrlichen Sparkasse-Direktionen zu Horn und Eggenburg den wärmsten Dank ausspricht.

VII. Anzeige für das Schuljahr 1877/8.

A. Aufname der Schüler.

Das kommende Schuljahr beginnt am 16. September.

Die Aufnahme der Schüler geschieht vom 12. bis 15. September täglich von 8—12 Uhr im Directorate.

Zur Aufnahme in die I. Classe ist die Beibringung des Tauf-(Geburts)-Scheines erforderlich. Die wirkliche Aufnahme in die I. Classe geschieht auf Grund der bestandenen Aufnahmsprüfung, welche am 15. September morgens 8 Uhr mit dem schriftlichen Theile beginnt. Bei dieser Aufnahmsprüfung wird gefordert: Jenes Mass von Wissen in der Religion, welches in den ersten vier Jahrescursen der Volksschule erworben werden kann, Fertigkeit im Lesen und Schreiben der deutschen und lateinischen Schrift, Kenntnis der Elemente aus der Formenlehre der deutschen Sprache, Fertigkeit im Analysiren einfacher bekleideter Sätze, Bekanntschaft mit den Regeln der Orthographie und Interpunction und richtige Anwendung derselben beim Dictandoschreiben, Uebung in den vier Grundrechnungsarten in ganzen Zahlen.

Zur Aufnahme neu eintretender Schüler in eine der höheren Classen sind nebst dem Tauf-(Geburts-)Scheine die Zeugnisse über beide Semester des vorausgegangenen Schuljahres vorzuweisen.

Wiederholungsprüfungen, sowie etwaige Prüfungen zur Aufnahme in die II.—VIII. Classe beginnen am 14. September morgens 9 Uhr.

Jene in die dritte Classe eintretenden Schüler, welche anstatt des Unterrichtes in der griechischen den in der französischen Sprache wählen, haben hierüber eine schriftliche Erklärung der Eltern oder deren Stellvertreter beizubringen.

Bei der Aufnahme hat jeder Schüler eine Aufnahmsgebühr von 1 fl. zu entrichten.

Das Schulgeld beträgt halbjährig 5 fl. und wird in der Regel im ersten Monate eines jeden Semesters eingehoben. Arme brave Schüler können von der Entrichtung des Schulgeldes befreit werden.

B. Lehrbücher für das Schuljahr 1877/8.

(Die Lehrbücher der Geschichte in II., der Naturgeschichte in VI. und der franz. Spr. in III. werden zu Anfang des Schuljahres bekannt gegeben werden.)

1. Religion.

I. Classe: F. Fischer, kathol. Religionslehre. 9. Aufl.
II.   „   „   Lehrbuch der kathol. Liturgik. 5. Aufl.
III.   „   „   Gesch. der Offenbarung des alt. Bundes. 4. Aufl.
IV.   „   „   Gesch. der Offenbarung des n. Bundes. 3. Aufl.
V.   „   Wappler, Lehrb. der kathol. Religionslehre. I. Th. 2. Aufl.
VI.   „   „   „   „   II. Th.
VII.   „   „   „   „   III. Th.
VIII.   „   Fischer, Lehrb. der Kirchengeschichte. 2. Aufl.

2. Deutsch.

I. Classe: Herrmann Edw., Lehrb. der deutschen Sprache. 5. Aufl. — Neumann u. Gehlen, deutsches Leseb. für die I. Cl. 6. Aufl.
II.   „   Herrmann, wie Cl. I. — Neum. u. Gehlen für die II. Cl. 5. und 6. Aufl.
III.   „   Herrmann, wie Cl. I. — Neum. u. Gehlen für die III. Cl. 4. Aufl.
IV.   „   Herrmann, wie Cl. I. — Neum. u. Gehl. f. d. IV. Cl. 4. Aufl.
V.   „   Egger, deutsches Lehr- u. Lesebuch I. Th. 5. Aufl.
VI.   „   Egger, wie Cl. V. II. Th. 1. Bd. 2.—5. Aufl. — Reichel, mittelhd. Lesebuch. 2 u. 3. Aufl.
VII.   „   Egger, wie Cl. VI.
VIII   „   Egger, deutsches Lehr- u. Lesebuch. II. Th. 2. Bd. 2. u. 3. Aufl.

3. Latein.

I. Classe: Schultz F. Kleine lat. Sprachlehre. 13—15 Aufl. — Rožek, lat. Lesebuch. I. Th. 4. u. 5. Aufl.
II.   „   Schultz, wie Cl. I. — Rožek, lat. Lesebuch II. Th. 3. u. 4. Aufl.
III.   „   Schultz, wie Cl. I. — Schwarz, lat. Lesebuch. 2. Aufl. — Rožek, Beispiel und Aufgabensammlung. I. Th.
IV.   „   Schultz, wie Cl. I. — Rožek, Uebungsbuch II. Th. — Caesar, bell. gall. v. Dinter. — Ovidii carmina selecta v. Grysar. 13. Aufl.
V.   „   Livius, ed. Grysar. I. B. — Ovidius, wie Cl. IV. — Süpfle, Aufgaben. II. Th. 15. Aufl.
VI.   „   Sallustii Jugurtha, ed. Linker, 4. Aufl. — Vergilius, ed. Hoffmann. — Cicero, ed. Klotz. Hft. 12. — Caesaris bell. civ. ed. Hoffmann. — Süpfle, wie Cl. V.
VII.   „   Cicero v. Klotz, Hft. 10 u. 17. — Vergilius, ed. Hoffmann. — Süpfle. wie Cl. V.
VIII.   „   Tacitus v. Halm (Textausgabe) I. B. u. Germania. — Horatius, ed. Grysar. — Süpfle, Aufg. III. Th.

4. Griechisch.

III. u. IV. Cl. Curtius, griech. Schulgramm. 11. Aufl. — Schenkl, gr. Elementarbuch. 9. Aufl.

V. Classe: Homeri Ilias, ed. Hochegger. 1. B. — Xenophon, Chrestomathie v. Schenkl, 5. Aufl. — Schenkl, Uebungsbuch f. O. G.
3. Aufl. — Grammatik wie Cl. III.

VI. „ Homeri Ilias, ed. Hochegger. II. B. — Herodot v. Wilhelm.
— Uebungsbuch u. Grammatik wie Cl. V.

VII. „ Demosthenes, ed. Dindorf. 1., 2. u. 3. philipp. Rede. — Homer, Odyssee, ed. Pauly. — Uebungsbuch u. Gramm. wie Cl. V.

VIII. „ Sophokles Aiax, ed. Dindorf. — Platon Gorgias v. Herrmann.
— Uebungsbuch u. Grammatik wie Cl. V.

5. Französisch.

IV. Classe. Plötz, franz. Schulgrammatik, 23. Aufl. — Plötz, Lectures
choisies.

6. Geographie und Geschichte.

I. Classe: Klun, Leitfaden f. den geogr. Unterr. 16—18 Aufl. — Stieler,
Schulatlas in 39 Karten, 53. Aufl. oder Kozenn, geogr. Schulatlas in 38 Karten, 22. Aufl. oder Kozenn, geogr. Schulatl. in
50 Karten, 22 Aufl.

II. „ Kiepert, histor.-geogr. Atlas der alten Welt in 16 Karten oder
Kiepert, atlas antiquus. — Geogr. Lehrb. u. Atlanten wie
Classe I.

III. „ Gindely, Lehrb. der allgem. Geschichte. Mittelalter. 4. Aufl.
— Geogr. Lehrb. u. Atlanten wie Cl. I.

IV. „ Gindely, Neuzeit. 4. Aufl. — Hannak, Vaterlandskunde f. d.
unt. Classen. 5. Aufl. — Geogr. Lehrb. u. Atlanten wie Cl. I.

V. „ Pütz, Grundriss der allgem. Geschichte f. O. G. I. Th. 14. Aufl.
— Histor.-geographische Atlanten wie Cl. II.

VI. „ Gindely, Lehrb. der allgem. Geschichte f. O. G. II. B. 3. Aufl.

VII. „ Gindely, III. B. 3. Aufl.

VIII. „ Gindely, wie Cl. VII. — Hannak, österr. Vaterlandskunde,
Oberstufe, 5. Aufl.

7. Mathematik.

I. u. II. Cl. Močnik, Lehrb. der Arithmetik f. U. G. I. Abth. 21—23. Aufl. —
„ geometr. Anschauungslehre. I. Abth. 14. Aufl.

III. u. IV. „ „ Lehrbuch der Arithmetik f. U. G. II. Abth. 16. Aufl. —
„ geometr. Anschauungslehre II. Abth. 9. u. 10. Aufl.

V. u. VIII. „ „ Lehrb. der Arithmetik und Algebra für die obern
Classen der Mittelschulen 15. Aufl. — Močnik, Lehrb. der
Geometrie für die obern Classen. 12—14. Aufl. — Heis, Samm-
lung von Beispielen und Aufgaben.

8. Naturgeschichte.

I. Classe. Pokorny, illustr. Naturgesch. des Thierreiches. 12.—13. Aufl.
II. „ „ „ „ des Pflanzenreiches. 9 u. 10. Aufl. —
„ „ „ des Mineralreiches. 8.—9. Aufl.
V. „ Hochstetter und Bisching, Leitfaden der Mineralogie und
Geologie. — Bill, Grundriss der Botanik. 6. Aufl.

9. Naturlehre.

III Cl. K r i s t, Anfangsgründe der Naturlehre. 8. Aufl.

    IV. „ K r i s t, wie Cl. III. — L i e l e g g erster Unterricht aus der Chemie, Ausgabe für Realgymnasien. 2. Aufl.

VII.—VIII. „ M ü n c h, Lehrbuch der Physik. 3. Aufl.

10. Philosophische Propädeutik.

VII. Classe. D r b a l, propädeutische Logik. 3. Aufl.

VIII.   „   L i n d n e r, Lehrbuch der empir. Psychologie. 4. Aufl.

H o r n, am 18. Juli 1877.

Ant. Schwarz,
Director.